講談社文庫

さいとう市立さいとう高校野球部

甲子園でエースしちゃいました

あさのあつこ

JN177983

講談社

さいとう市立さいとう高校野球部　甲子園でエースしちゃいました　目次

さいとう市立さいとう高校野球部 甲子園でエースしちゃいました

おれは、さいとう高校野球部について再び語り始めた。

その一、すみません。今、とんでもない状況です。by山田勇作《やまだゆうさく》

ぶわっと風が吹くと、ざわわわわと水面が波立つ。さらに強くぶわわわわーっと吹くと、風に巻き上げられた湖の水が雨と一緒にどわわわぁんと降りかかってきた。どれが雨でどれが水なのか正直、判別できない(雨と水の区別がつくやつがそうそういるとは思えないが)。湖面があまりにも波立っているし、「おいおい、おまえ、それ明らかに規定違反でしょ」と注意したくなるほど雨雲が低く垂れこめているので、空と湖がお互い張り合って、地上を水浸しにしているとしか思えない。

「すまん、勇作。先にあがる」

親父《おやじ》が叫んだ。

「親父、まだ二十分も経ってないぞ」

「だから、すまん。こりゃあもう限界だ。湖が揺れ過ぎて、悪酔いする。おえっ」

前を隠しながら、親父は脱衣所へと走る。途中で横殴りの風にすくわれ、転びそうになった。何とか踏み止まったがタオルを吹き飛ばされ、左手を前隠しに使いながら右手で脱衣所のドアを開けようとしている。

「親父、落ち着け。そのドア横スライドだ。引っ張っても開くわけねえだろうーっ」

おれの声を限りの指摘も風音に消され、親父には届かなかったらしい。自力でスライドドアであることに気がついた親父は、脱衣所に飛び込んでいった。ドアを閉め、やれやれと息を吐き出したに違いない。

ふふん、軟弱者め。

おれは、鼻先で嗤《わら》ってやる。

そんなことで山田家の当主が務まるのか。代々、温泉好きの宿命（あるいは幸運）を背負った山田家の世帯主の誇りを捨てるのか、親父。露天風呂に背を向けるとは何事だ。今の醜態、富士子《ふじこ》さんにチクっちまうぞ。

あっ、富士子さんはおれのおふくろ、つまり、親父の愛妻の名前だ。ただの妻ではなく、上に〝愛〟をつけたのは息子として「夫婦、仲良くしてほしいなぁ。家庭円満、いいなぁ」なんて甘ったるい願望が故ではない。それが現実だからだ。両親の夫婦仲なんて良いに越したことはないが、毎日大げんかしてるとか、血の雨が降りそうとか、家中の空気が尖って居心地最悪とかでなければ、別に関心とか、持たないのが普通でしょ。

富士子さんは、親父にとって愛妻だ。リアルに。結婚して二十年近くになる今でも、べた惚《ぼ》れしている。だから、おふくろの前では、やたら格好つけようとする。棚《たな》に頭をぶつけても痛がる素振りなどちらっとも見せない。ホラー漫画や映画が大の苦手なくせに『本当にあった恐怖談。現代の怪談三話。もう。あなたは眠れない』なんて番組を「あまり怖くないな。ははは、まったく怖くない」なんて笑いながら（頬《ほお》のあたりはひきつっている）見てたりする。どちらも、おふくろがいるとき限定だ。男って、ほんと健気《けなげ》というか単純というか、まぁおれもけっこう格好つける方だから、健気で単純な親父を非難も批判もできない。似た者親子ってとこで落ち着くかな。

でも、おれは親父より根性あると思う。

嵐の真っただ中、湖上に突き出た露天風呂から逃げなかった。嵐であっても、百年に一度の豪雪であっても、逃げたりしない。

湖上の露天風呂だよ。

逃げるなんて、もったいなさ過ぎ。

おれとしては、嵐の中の露天風呂ってシチュエーションを堪能《たんのう》させてもらう、どうぅぅぅぅぉん（風がぶつかってきた）、たっぷり楽しむ、ざぁぁぁぁぁん（雨脚がさらに激しくなる）、豪快におもしろがるつもりなのだ。おれは……え？　おまえは誰だって？

そうだ。自己紹介、ちゃんとしなくちゃ。この世で、おれのこと知ってる人なんて、ほんの一握りなんだから。勝手に先走ってしまうの、おれの悪い癖（の一つ）なんだ。ごめんなさい。

改めて、自己紹介です。

おれ、さいとう市在住、十六歳、けっこう長身痩《や》せ形、さいとう高校生徒にして野球部員、ポジションピッチャー、男子、長男、好きな女の子のタイプは丸顔、ぽっちゃりで気が強いんだけど涙もろくて、しっかり者だけどちょっと間が抜けたところもあって、のんびり屋だけどちょっとあわてんぼう入ってますみたいな人、天然茶髪（祖母《ばあ》ちゃんがロシア人なもんで）、好きな食べ物は栗きんとん、栗ご飯、モンブラン（さいとう市が栗の産地であり、親父が〝斎藤栗〟を使った食品会社『山田マロン食品』を経営してるもんで）、好きなもの野球、大好きなもの温泉の山田勇作です。間違える人は絶対にいないだろうけれど、やまだゆうさくと読む。

まったくもって、わかり易い名前だろう。

おれが大人になって、名刺交換とかするようになったと仮定する（想像し難《にく》いけど無理をして想像してください）。そのとき、

「あ、どうもどうも、わたし、こういう者です。よろしくお願いいたします」

「あ、こちらこそ。お世話になります」

「ほう、さんだいささくさんですか。珍しいお名前ですな」

「いや、やまだゆうさくと読みます」

「あぁ、これは失礼いたしました」

「いや、よく間違われるんですよ。あはははは」

なんて展開になる可能性は百万に一つもないだろう。なったらなったで、おもしろいかもとは思うけれど。

まぁ、自己紹介はほどほどにしとく。自分のことって、やっぱしゃべり難いよね。現役高校生男子としては、少し恥ずかしいかも。……というか、今、おれは、

かなりすごい状況にある。自己紹介なんてのんびりやってる場合じゃないだろうって状況だった。さらに言うなら、こりゃあ誰でも驚いちゃうでしょうって状況、もっと言えば、おれって何か特別？　って思いこんじゃうような状況だ。個人的にも野球部員としても。そう、野球部員としても個人的にも。むふふ。個人的には、この嵐の中、湖上の露天風呂に入っている状況そのもののことなんだけど、ここに至るまでの紆余曲折《うよきょくせつ》がありまして、語れば長くなる……いや、その前に野球部員だ！

むふ。むふふふふ。むふっ、むふふ。

そうなんだ、野球部員、高校球児としては、ほんとうにすごい、すごい、すごい状況にあります。興奮未《いま》だ収まらずって感じで。

むふ。むふふふふ。むふっふっふっふふふふふ。

ではまず、そこから説明します。

さいとう高校野球部、甲子園に行きます。

これじゃ説明じゃなくて発表になってしまうけど、まっ、細かなところはどうでもいいよね。

ここで「あぁ、さいとう高校野球部、甲子園に観戦に行くのか」と考えた人、かなりいるんじゃないかな。もしかして五割くらいいるかもしれない。残り三割が

「そうか、さいとう高校野球部、甲子園でバイトかボランティア活動するんだ」と考え、二割が「甲子園って……まさか」と息を飲み込む。

息を飲み込んだ二割の方々、正解です。大正解です。

そうです、さいとう高校野球部、甲子園に出場します。選抜高等学校野球大会、春の甲子園に出場が決まったのです。

いやぁ、ほんとに、まったく、出場が正式に決まった瞬間ってのは、筆舌に尽くし難い、言葉にならない、経験した者にしかわからない空気に包まれるもんなんだ。地面からぼわっと熱気が吹きあがってくるような、砂漠の真ん中で露天風呂を見つけたような、風呂場の蛇口から突然、硫黄泉《いおうせん》が流れ出てきたような感覚に、おれは、しばし言葉を失ったもんだ。

いや、もしかしてなんて予感はあったんだ。予感より期待と言った方がぴったりくるかな。

秋の大会でさいとう高校野球部は準優勝した。決勝戦も3対2ってスコアの通り接戦だった。接戦でも一点差でも負けは負けなんだけど、おれたちは八回と九回の裏に一点ずつ得点した。それも、どちらの回もツーアウトから。こういうところ、すごく意味があるんだよな。誰になくても、おれたちさいとう高校野球部員にはある。おれたち、ぎりぎりまで野球にくらいついていけたんだと、胸を張れるから。負けが悔しい。悔しさがエネルギーになる。悔しいけど、負けたけど、反省点いっぱいあるけど、自分を削らないですむ。

自分を削るのって辛い。

ああすればよかった、ここが悪かった、どうしてあそこであんなボール投げちゃったんだろう。どうして、あのボールが打てなかったんだろう。おれって、最悪。チームのみんなに申し訳ない。云々《うんぬん》。

内に内にこもっちゃって、自分を削り傷つけてしまう。削られると当然細くなるよね。痩せ衰えた病み上がりの病人（うん？　病み上がりってもう病人じゃないのかな）みたいによろよろしちゃって、前に進むのが億劫《おっくう》になる。このまま、しゃがんでいようかって気になるんだ。

しゃがんでじっとしてるってのも、人間には大切だ。絶対、大切だ。前に進むばかりがいいわけじゃない。上手《うま》く言葉にできなくて自分にいらつくんだけど、感覚的にわかってる。

でも、こと野球に関してはしゃがみこんでるわけにはいかない。打席やグラウンドでしゃがみこんでちゃ野球、できないから。そこんとこもわかってる。

決勝戦での負けは、おれたちを削らなかった。エネルギーに転化できた。そりゃあ、がっかりはした。落胆した様子を表すのに〝肩を落とす〟ってよく使うけど、ほんとに肩が下がるのな。

おれの肩は特に下がり気味になる。メンタル面、弱いんだ。基本、正直者で感情に左右され易いんだろうな。

「正直者と感情に左右され易いってのは、まったく別もんだぞ」

とは一良《いちろう》の科白《せりふ》。この科白は、

「他人に厳しく自分に甘くってのが一番、性質《たち》が悪いけど、おまえみたいに自分にも甘く他人にも甘くってのも、どーかと思う」

と、続く。

山本《やまもと》一良とは、物心ついたときから一緒にいる。で、もって小学生のときからバッテリーを組んでいる。幼馴染《おさななじみ》のバッテリーってちょっとスポコンっぽいでしょ。

「勇作、おまえの球は誰にも打たれない。おれを、いや、おまえ自身を信じて投げ込んでこい」

「おれが信じているのは、おまえのミットだ。行くぞ、一良」

こんなやりとりがあって（もちろん口ではなく心内で、だ。幼馴染で互いを信頼し合っているバッテリーに言葉などいらない)、百五十キロぐらいのストレートがストライクゾーンのど真ん中に決まる……なんてことは、現実には一切ない。

「勇作、おまえ、わかり易過ぎ。がっかりしてますって、実況中継してるみたいなもんだぞ」

「へ?」

「肩だよ、肩。もろ、下がってるから」

「あ……そっか。気がつかなかった。なぁ、一良」

「うん?」

「おれって正直過ぎるんだよな。で、つい感情に左右されちまって。あ〜ぁ、正直者ってたいへんだ」

「正直者と感情に左右され易いってのは、まったく別もんだぞ。他人に厳しく自分に甘くってのが一番、性質が悪いけど、おまえみたいに自分にも甘く他人にも甘くってのも、どーかと思う」

「うるせえよ。いいもんね、一良にどう思われたって、おれ、ぜーんぜん構わないもんねぇ」

「ほら、また、すねる。すぐ感情的になって、このガキンチョめ」

「ふーんだ、ふーんだ、いいですよぉ。どおせ、あたしはガキンチョよ。笑えばいいでしょ。好きなだけ笑ってよ」

「いやいや、ガキンチョのおまえもなかなか可愛《かわい》いけどな。マウンドでは、もう少し大人になろうね。いやいや、ほんと、マウンド以外では可愛いんだよ、勇作くん」

「もう、一良くんたら、可愛いなんて、うふっ」

これが、幼馴染バッテリーのリアル会話です。迫力なくて、ごめんなさい。それこそ、がっかりした人、案外多いと思うけど、現実ってこんなもんですから。熱気が迸《ほとばし》り、熱い想いがぶつかりあい、汗と涙が四方に散る。

こんなシーン、めったにお目にかかれません。現役ばりばり高校球児といえども、普段はわりにだらだらしています。

しかし、一良は変わった。唐突に一良のみの話題になって申し訳ないけど、以前の一良だったら、もうちょっと言葉少なくて、もごもごしゃべって、「ガキンチョのおまえもなかなか可愛いよ」なんて、冗談を飛ばさなかった。飛ばしたくても、できなかったはずだ。さいとう高校に入学して、いや、さいとう高校野球部に入部して一良、かなり変わったと思う。

口数多くなったし、しゃべることに積極的になった。なにしろ、うちの野球部のモットーはずばり、『しっかりしゃべって、しっかり野球しましょう』だから。『一球入魂』とか『文武両道』とか『限界への挑戦』とかじゃなくて、『しっかりしゃべって、しっかり野球しましょう』だから。

やっぱり迫力なくて、ごめんなさい。

なにしろ監督の鈴《りん》ちゃん（本名・鈴木《すずき》……鈴木……あれ、下の名前忘れちゃった。まっいいか。ともかく、鈴ちゃんは美術教師。さいとう高校野球部OB。ポジション、マネジャー）の口癖は「はい、今日もとことん、しゃべりましょう」だ（モットーとあんまり変わらないよね）。

練習の後、必ずミーティングがあり、全員発言が基本になっている。一時間以上の長いミーティング（略して長ミー）は一週間に一度、水曜日と決まっているが、三十分以内の短いミーティング（略して短ミー）はほぼ毎日だ。

試合の後はむろん、ミーティング。勝っても負けてもミーティング。晴れても降ってもミーティング。暑くても寒くてもミーティング。痩せても太ってもミーティング。放課後歯医者の予約があってもデートの約束があってもミーティング。

「うちの正式名称は、さいとう高校野球ミーティング部だよな」

と、ポポちゃん（本名・田中一慶《たなかかずよし》、ライト六番。隠れヤクルトファン。親父さんが熱狂的の上に超がつく阪神ファンなので「親父、おれ、阪神じゃなくてヤクルトの応援してえんだ」と言い出せず、不本意ながら〝六甲颪《ろっこうおろし》〟を三番まで歌える可哀《かわい》そうな男なんだ。中学のときも同じ野球部だった）が呟《つぶや》いたことあったが、まさにそのとおり。

さいとう高校野球ミーティング部は、野球の練習とミーティングを繰り返し、定期的に読書感想文発表会とかランニング創作コンクール（これは購買の買い物券が手に入ったときに主に行われる。さいとう高校の購買部のおばちゃんは色っぽいことで有名なんだ。そのおばちゃんが、鈴ちゃんと仲がよくて、しょっちゅう、買い物券をくれるのだ。あっ、仲がいいって、変な意味じゃなくて伝え聞くところによると、二人ともうちの親父の立ち上げた〝斎藤栗愛好会〟のメンバーで、こよなく斎藤栗を愛しているのだとか。いやぁ、人間なんてどこでどう繋《つな》がってるかわかんないね）を行っている。因《ちな》みに、ランニング創作コンクールとは、さいとう高校の周りをランニングで二周しながら、その日のお題にそって、短歌、俳句、詩、小説などなどを創作し発表するものだ。最優秀賞に選ばれると、買い物券五百円分を手にできる。おれは、わりに優秀で、これまで計五回も買い物券を獲得している。自分で言うのも何だけど、もしかして文才とか、けっこうあるんじゃないかな。

一度、購買部買い物券五百円分＋猪野熊《いのくま》精肉店特製コロッケ十個分サービス券という豪華副賞のときがあって、あのときは、部員全員がものすごくはりきったものだ。目の色までは変わらなかったが、鼻息は荒くなった。

猪野熊精肉店の特製コロッケは一個二百円もする。その値段に相応《ふさわ》しくでっかくておいしい。ポテトと肉と玉葱《たまねぎ》の配合が絶妙で、ほこほこして、ポテトの甘さと肉の美味《うま》さと玉葱のシャリシャリ感が一口目からふわっと広がって、泣きそうになるほど美味なんだ。

それが十個だ。二桁《ふたけた》だ。

はりきらないほうがどうかしている。そのときのお題は、ずばり〝コロッケ〟だった。難題である。

コロッケと温泉、コロッケと野球、コロッケとぽっちゃり女の子……うーん、だめだ。コロッケは大好物なのに、他のおれの好きなものと気持ちよく繋がらない。

うーん、うーん。

コロッケや揚げたてサクサク美味《おい》しいな
コロッケを味わい過ぎゆく、我が青春

たらちねの母の揚げたるコロッケはこんがりきれいな楕円形
コロッケやああコロッケやコロッケや

うーん、だめだ。駄作だ、凡庸だ、つまらない。

おれは、文字通り髪をかきむしって苦しんだ。猪野熊精肉店特製コロッケサービス券が副賞というときに、絶不調なんて、おれの文才、やっぱたいしたことないみたい。

この日の勝者は、ご住職（本名・小《お》川《がわ》哲也《てつや》。両親とも公務員で、寺とはまったく関係ないそうだ。でも、ご住職の醸し出す雰囲気を知れば、渾名《あだな》はご住職しかあるまいと納得できる）だった。受賞作品は何と、短編である。タイトル『コロッケとお釈迦《しゃか》さま』。

コロッケ好きのお釈迦さまが、極楽一のコロッケを作るため奮闘する話だったが、なかなかにおもしろかった。

「お釈迦さまは、琵琶湖《びわこ》ほどの大きさの鍋にたっぷり油をわかし、源太郎《げんたろう》池（さいとう市の外れにある溜池《ためいけ》。注・山田勇作）ほどの大きさのコロッケをゆっくりと沈めました。じゅわんじゅわんと音がして、すぐに、香ばしいコロッケができあがりました。お釈迦さまは、それはそれは満足気に微笑《ほほえ》み、まずは一口、コロッケにかぶりつきました。ところが、ところが、たいへんなことになったのです」

ご住職の語りもよくて、おれたちは紙芝居に見入る幼稚園児の如《ごと》く、静かに耳を傾けていた。

で、ご住職、最優秀賞に輝く。文句無しの受賞だった。悔しいけど仕方ない。これが実力の差ってやつさ。ふっ（目に虚無的な翳《かげ》りを宿し、薄く笑ってる）。

夏の大会（さいとう高校、地区予選の準決勝まで進みました）が終わった後、三年生は引退し、新チームとなる。新入部員が入ってくる四月までは一、二年生だけで部員数は二十人あまりだ。さいとう高校野球ミーティング部は、こぢんまりした所帯なのだ。

ランニング創作コンクールの副賞を握り締め、ご住職はおれたちをぐるっと見回した。おれたちが、ご住職をぐるっと取り囲んでいたんだ。全員の視線が、豚と牛の笑顔がプリントされた縦六センチ、横十五センチ（目測）の黄色い券に注がれている。グラウンドには鬼気迫る緊迫した空気が漂っていた。グラウンド周辺をランニング（まともな、ごく普通のやつ）していた陸上部員が思わず「どうしたんだ、野球部？」「うん。なんか、殺気立ってねえか」と顔を見合わせるほどの緊迫感だ。

「わかったよ」

ご住職がため息をついた。

「猪野熊精肉店特製コロッケ、みんなで食べよう。一人半個になっちゃうけど、いいよな」

おれたちはどよめいた。ポポちゃんは諸手《もろて》を挙げて喜んでいるし、早雲《そううん》（木村《きむら》早雲。ファースト三番。親父さんが戦国武将＆剣豪大好き中年男なんだ。で、長男に嬉々として早雲と名付けたらしい。なんかおれの周りって、父親で苦労しているやつ、意外に多い）は涙目になりつつ、舌舐《な》めずりをしている。

さすが、ご住職。お坊さま。聖職者。慈愛に満ちて、潔い。

鈴ちゃんがにこにこしながら、一歩、前に出た。

「小川くん、えらいですね。小川くんがそこまで言うのなら、ぼくとしても一肌脱がなきゃいけませんよね。あと十二人分、ぼくが払いましょう。一人に一個、猪野熊精肉店特製コロッケです。練習終わったら、ジャンケンで負けた人が買いに行こうね」

どよめきがさらに大きくなる。四方の山にこだまし、グラウンドに響く。陸上部員A助、B太（仮名）が、再び顔を見合わせ「今日の野球部、ちょっと異様じゃね」「馬鹿、見んな。見んな。何されるかわかんないぞ」と小声で話したかどうかは定かではないが、ふり返って、おれたちをちらっと見やったのは確かだ。

「じゃあ、みんなは、いつもどおりキャッチボールから始めてください。ぼくは、その間に猪野熊精肉店に特製コロッケが二十二人分あるかどうか、確認の電話しておくね。評判のコロッケだから売り切れってことも考えられるし」

「わおっ、監督、さすが元敏腕マネジャーだけのことはありますね。心配りが半端《はんぱ》じゃないっす」

ポポちゃんがガッツポーズをする。お世辞じゃなく本気でそう思っているのは、表情から伝わってきた。そう、鈴ちゃんは心配りの人なのだ。ともかくよく気がつく。おれたち自身が思い至らないおれたち自身のことまで目が届くのだ。しかも、気がついたことを叱責や糾弾に結びつけるんじゃなくて、的を射た忠告や感想に変換してくれる。

「山田くん、今日の投げ込み、そこまでにしといたら」

「えっ、でも、もう少し」

「気持ちは投げたくても、身体《からだ》がへばっちゃってるよ。うーん、もしかして、昨夜、夜更かししたかな」

どきっ。

「図星です。実は、家族で〝全国温泉泉質当てっこゲーム〟をしてて、つい……」

「そうかぁ。家族の仲がいいのは、すごくいいことだけど、睡眠と栄養はきっちり取らなくちゃだめだね。山田くんたちの年代は睡眠不足、栄養不良が即、影響しちゃうから。若さに甘えてちゃ、エースは務まらないよ」

「はい」

鈴ちゃんの物言いはめったに変調しない。いつも穏やかで、柔らかい。ビシッバシッと鞭打《むちう》たれるのではなく、木馬に乗って揺れているみたいな心地になるんだ。喩《たとえ》がイマイチで、ごめん。おれの文才ますます怪《あや》しくなってるよな。

おれは、かなりのへそ曲がりで頑固者だ。自覚してる。〝つべこべ言わずに黙って従え〟的な指導者とはどうにも馬が合わない。殴っても蹴っても強くなりゃあ文句ないだろうってやつには、ほんと殴りかかりたくなる。おれ、短気者でもあるんだ。さいとう高校野球（ミーティング）部の監督が鈴ちゃんでよかった。これ、混じりっ気なしの本音。

ぼくは野球についてはほとんど何も知らないけれど、強くなる方法なら熟知してる。

去年の四月、野球部監督の鈴ちゃんに初めて会ったとき（美術の教師と選択授業に美術を選んだ生徒としてなら、ちょっと前に会っていた。いゃあ、でも、あの美術の鈴木先生が監督鈴ちゃんだなんて、今でも不思議な心持ちがする）告げられた。ぐっときた。かっこいい科白だ。嘘《うそ》でもはったりでもないから、余計にかっこいい。

野球部監督の力量を何で測ればいいのか、おれには見当がつかない。甲子園での勝利数とか、優勝回数とか、有名野球選手を何人育てたかとか……だろうか。それなら、鈴ちゃんはハズレ、該当外かもしれない。でも、おれたち、さいとう高校野球（以下ミーティング省略）部員からすれば、一流の指導者だと太鼓判を押せる。なんてったって、野球が楽しいってことに、自分が野球を大好きなことに、そして、自分の野球を自分の言葉で表現できる力が自分の内にあることに、気づかせてくれた。教えてくれた。

すごくね？　おれは、すごいと感じてんだけど。

な、わけで、ポポちゃんが鈴ちゃんを「さすが」と言ったのは単なる言葉の綾《あや》じゃなくて、本気で、すごいと（ポポちゃんが）思ってると（おれは）思っている。

「いやいやいやいやいや、田中くん、褒《ほ》めすぎ褒めすぎ。ぼくは、根っからのマネジャー体質なんだ。ちっちゃいときからそうで、大人になっても治らなくてね」

鈴ちゃんは「鯖《さば》アレルギーで一口でも食べると蕁麻疹《じんましん》出るんです」と告白するがごとく声を潜めた。ちょっと照れてるんだろう。

「じゃあ、キャッチボールでしっかり肩慣らししといてね。その後は守備練習に移りまーす。猪野熊精肉店特製コロッケ二十二個、予約したらすぐ帰ってくるから」

笑顔のままひらっと手を振ると、駆け足で校舎の中に消えていった。その後ろ姿を見送りながら、「監督、二十二とか言ってたけど」と、杉山《すぎやま》さんが首を捻る。

杉山亮太《りょうた》先輩（二番、セカンド）。新チームの新キャプテンだ。前キャプテンの井上《いのうえ》さんは、ものすごく声のでっかい、顔のでっかい、身体のでっかい、いろんな意味で目立つ人だった。相当な強打者でもあった。声も顔も身体もでっかい井上さんが打席に立つと、敵も味方も〝このままじゃ終わらないかも〟〝何事もなく済むわけがない〟って気分になる。それは、おれたちさいとう高校サイドにとっては勇気であり鼓舞、敵方にすれば威圧であり、不安になる。井上さんがキャプテンと四番にどかっと座っていてくれたおかげで、我がチームの安定感はしっかり保てていた。そういう人の後って、やり難いに決まっている。少なくとも、おれだったらビビっちゃって「あっ、すんません。井上さんの後なんて無理ですから」って尻ごみすることと請け合いだ。請け合ってどうするって一良あたりに叱られそうだが、事実だもんな。でも、杉山さんはおれと違って、淡々とキャプテン業をこなしている。力みなんて、まるでない。けっこう、胆《きも》の据わった人だったんだと、おれはこのごろやっと気が付いたんだ。

先輩たちはさすがに杉山さんのキャプテン資質を見抜いていたらしく、三年生引退直後の『新キャプテンを選ぶ』がテーマのミーティングは、あっさり終わった。おれは、ポスト井上を決めるのって難儀だろうと、短くても二時間の長ミーを覚悟していたのに。

「コンガリくん※がいいだろう」
「コンガリくんしかいないねえよな」
「コンガリくんじゃないと駄目でしょ」
「コンガリくん以外には考えられない」
「コンガリくんは、さいとう高校野球部のキャプテンになるために生まれてきたんだ」

杉山さんを推挙する声は次々とあがり、ついには、
「コンガリ、コンガリ、コンガリ、コンガリ、コンガリ」

とコンガリコールまで沸き上がったのだ。
※コンガリくんは、杉山さんの渾名だ。渾名のとおり春夏秋冬関係なく、こんがり焼けたトースト肌をしている。
「まぁ、みんながそこまで言ってくれるなら……」

コンガリく……杉山さんはキャプテンを引き受け、副キャプテンに伊藤《いとう》さん（伊藤司《つかさ》さん。四番、センター。渾名不明。のんびり屋さん。声がきれいだ。まっすぐにぴーんと通り、かつ、爽《さわ》やかな響きがある）を指名した。その間、僅《わず》か十分。さいとう高校野球部史上、最短のミーティングだった（たぶん）。

新キャプテン杉山さんが首を捻《ひね》り、指を折る。

「うちのチーム、今んとこ二十人じゃなかったかな。監督入れても二十一人で……」

「二十一人です。キャプテン」

一良が口を挟む。

「だから二十一人だろ」

「部員数、二十一です」

「あれ？　そうだっけ。えっと、小川、おれ、木村、司、山本、田中、セイちゃん

（山川聖先輩《やまかわひじり》。七番、ショート。脚が長い。顔も長い）……」

杉山さんは指を折り、折った指を一本一本開いていく。

「……デコチン（森田《もりた》祐一《ゆういち》先輩。八番、サード。おでこ広いです。広くてかわいいおでこです。野球部に入ってから大の本好きになって、今は月間約十五冊の小説と三冊の文芸誌と三冊の雑誌を読破するとのこと。本好きになれる野球部って珍しいでしょ。全国でうちだけかも）、山田で二十人だろ」

「前田《まえだ》さん」

一良がささやく。

杉山さんが瞬《まばた》きを三回した。

「え？」

「前田さん」

一良が再びささやく。

「あ……そうだ。前田だ。あれ？　前田、どこにいった？」

「隣にいるけど」

「うわっ、おまえ、いつの間に」

「あの、いつものことだけど、さっきからずっとここにいたから」

「そっ、そうか、すまん。気がつかなかった」

「いいよ。別に」

前田さんは、ほわりと笑う。別に淋《さび》しそうでも、悲しそうでもなかった。

そう、前田さんは伝説になるほどの、ものすごく存在感の薄い人なんだ。一例をあげよう。

さいとう高校二年A助、B太（陸上部とは無関係）の会話から。

「前田ってすげえよな。こっちが全然気がつかないのに、すって現れるんだ。もしかして、先祖は忍者《にんじゃ》か」

「いや、違うって。前田は最初からいたのに、周りが気がついてないだけだから」

「そうかあ。でも、ある意味、そっちの方がすごくねえか。そこにいるのに気配を感じさせないって、やっぱ忍者じゃん」

「だな。世が世なら、一大忍者軍団の頭領になれたりして」

「すげえな。生忍者の頭領とか見てみてえし」

「忍者ってオリンピックの金メダリストなみの身体能力があったらしいぞ。忍者復活プロジェクトとか考えたら、オリンピック、もうちょいメダル、取れるんじゃねえの」

「おっ、いいねえ。忍者復活プロジェクトかぁ。あれ？」

「うん？」

「おれたち、誰の話をしてたんだっけ？」

「そりゃあ……忍者の話だろ。そういやあ、おれ、小学生のとき伊賀《いが》に行ったことあるぜ。忍者屋敷とか覚えてんな」

「おれは戸隠《とがくし》で蕎麦《そば》、食った思い出がある。あれ？　でも、忍者じゃなくて誰かの話をしてたはずなんだけど」

「うん、そんな気もするけど……たぶん思いすごしだ」

「……だよなぁ」

A助、B太、何か引っ掛かりながらも納得する。

このように、前田さんはものすごく、ものすごく忘れられ易いんだ。前田さんといえば「あぁ、あの存在感のないやつか」と誰でも領《うなず》くほどで、それってものすごく存在感があるってことじゃなかろうかと、おれ的には考えている。ものすごくを多用してるのは、前田さんと〝ものすごく〟がおれの中で、がっちり握手してるからだ。またまた、おれ的には、前田さんにモノスゴクって渾名を進呈したい。何となく亜熱帯の生き物っぽい響きだな、モノスゴクって。

前田さんは、もともとキャッチャーなんだけど、肩をこわして、今は控えに回っている。打つぶんには差し障《さわ》りがないので、うちの貴重な代打の切り札だ。九回の裏の攻撃、ツーアウト満塁《まんるい》、一点ビハインド。泣いても笑っても最後の打者となる。

七回の攻撃、0対0、息詰まる投手戦（つまり、おれが踏ん張ってる、相手のピッチャーも踏ん張ってる状態）、ランナー二塁、三塁。それまで抑え込まれていたさいとう高校に初めて訪れた得点の好機。

なんて場面に、前田さんは登場する。かなり重い場面だ。でも、すごいんだ。代打成功率、実に六割強。ね、ものすごくすごいでしょ。前田さんは長距離バッターじゃなく、きれいに打ち返すタイプだ。ミートがものすごく上手なんだ。しかも、状況によって左右に打ち分けられるし、犠牲フライや送りバントもきっちり決めてくれる。一台何役、お買い得の最新式家電みたいな人だ。こんな代打要員がベンチに控えているのって、ものすごく心強い。ピッチャーだったら、なおさら心強い。要するに、前田さんはマウンドに立つ者にとってものすごくありがたい存在なんだ。拝みたいぐらい、賽銭《さいせん》を投げたいぐらい、三礼して跪《ひざまず》きたいぐらいの存在なんだ。

「ここで、さいとう高校の選手の交代をお知らせいたします。〇番〇〇くんに代わって、前田典久《のりひさ》（前田さん、典久って名前だったんですね）くん、背番号11」

なんてアナウンスが流れようものなら、さいとう高校ベンチは、シロナガスクジラのジャンプのように盛り上がる。

「いけ、いけいけ、いけ……あれ、えっと」

「前田くんだよ」（これ、鈴ちゃん）

「そうだ、前田だ。ノリだ。ノリ、頼むぞ」

「うわぁっ、打った、抜けた、三遊間抜けた」

「サヨナラだ、サヨナラだ」

「♪さようなら、さようなら涙のカモメ。ここは最果て、北港ぉ～」

「ここで、演歌、歌うな。すげえぞ、えらいぞ、ヒーローだぞ」

「♪われらのヒーロー、ライジーン、ライジーン」

「アニソンも歌うな。ヒーローはライジーンじゃなくて……」

「前田くんだよ」（これも、鈴ちゃん）

こんな風に前田さんのおかげで勝利を摑《つか》んだ試合はけっこうな数ある。なのに、存在感希薄なんです。先述のA助、B太の会話じゃないが、前田さんって本当に忍者の子孫で、己《おのれ》の気配を消す術を会得してんじゃないだろうか。なんて、非現実的な想像をしてしまう。万が一そうだったら、早雲の親父さん、大喜びして、前田さんにサインや手形をねだるだろうな。

不思議なのは、鈴ちゃんだけは絶対に、前田さんの存在を忘れないことだ。前田忍法も鈴ちゃんには効かないらしい。

ここまででも、さいとう高校野球部は監督、選手ともに実に個性的な面々だとわかってもらえたと思う。

また、おいおいにおもしろエピソード、伝えていくつもりだ。なんてったって、おもしろエピソードには事欠かないし、毎日、新たなおもしろエピソードが生まれてるんだから。

乞《こ》う、ご期待。

楽しみにしててくれ、な。

では、今回はこれでダ・スヴィダーニャ。

て、待て、待て待て、勇作。

かっこつけて、ダ・スヴィダーニャ（ロシア語でサヨナラって意味なんだって。おれの知っているロシア語はこれと、コンニチハのズドラーストヴィチェだけ。温泉ってロシア語も知りたいんだよな。英語は hot spring、中国語だと温泉と書いてウェンチュアンと発音します。思わぬところで勉強になるでしょ。おれって、温泉知識、けっこう豊富だから。えへへ）なんて挨拶《あいさつ》している場合か。

話を撒《ま》き戻して、いや、巻き戻して、巻き戻して。

おもしろエピソード、忍者、前田さん、新キャプテンコンガリ杉山さん、鈴ちゃんのマネジャー体質、ご住職、『お釈迦さまとコロッケ』（『コロッケとお釈迦さま』だったか？）、A助、B太、猪野熊精肉店特製コロッケ、ランニング創作コンクール、「はい、今日もとことん、しゃべりましょう」、正直者と肩、さいとう高校野球部に入って一良は変わった……そう、そこだ。

さいとう高校野球部に入って一良は変わった。

普段のほわわんとした雰囲気はそのままだが、言葉が厳しくなった。いや、的確になった。以前だったら、思ってること、感じたことを口にしたくても、自分の想いや考えにぴたっとくる言葉がみつからなくて、みつからないのに無理やりしゃべると、どうにも嘘っぽくて自己嫌悪とか焦りとか落胆とかに近い感情（決して、そのものじゃない）に捕らわれる。そうすると、途端、舌が重くなる。嘘っぽいことしゃべるぐらいなら、黙っている方がマシだと口を閉ざしてしまう。そんなことが重なると、しゃべり自体が億劫になってしまうんだ。軽いおしゃべりや冗談は言えても、自分の内にある本気の部分を表すのが面倒になる。誰かにわかってもらう必要ないよな、なんてつい斜《しゃ》に構えてしまう。

誰かにわかってもらわなくていい。おれ自身がおれのことわかってないのに他人に理解してくれなんて要求できない。わからない部分を引きずって生きればいいんだ。引きずる覚悟のないまま家族とでも親友とでも、寄りかかって仲良しごっこを続けて、お互い全部わかってるよななんての、正直、気持ち悪い。

「山田くん、ピッチャーはねぇ、マウンドに一人で立ってるからピッチャーなんですよ。一人で立ってるのに、ボールを受けてくれる相手がいないとどうにもならないのもピッチャーなんです。ほんと、何とも大変なポジションだよねぇ」

とは、鈴ちゃんの一言。

「山田くんは、向いてると思うよ」

「ピッチャーにですか」

「うん、向いてる。インテリアデザイナーにも向いてる気がする」

「監督、ピッチャーとインテリアデザイナーって重なるとこ、あるんですか」

「さぁ、ないよね、きっと。何となく、向いてるかなって気がしたんだ。でも、たぶん間違ってないよ」

と、会話が続いたのだが、鈴ちゃんはなぜおれが、ピッチャーとインテリアデザイナーに向いているのか教えてくれなかった。自分で考えろってことだろう。

自分の頭で考えられないようじゃピッチャー（&インテリアデザイナー）は務まらない。インテリアデザイナーはさておいて、おれは、ピッチャーでありたい。

強く思う。

どんなときも、ピッチャーでいたい。

これは決意かな。

おれより一足も二足も早く、一良はホンマモンのキャッチャーになろうとしている。マスク越しに冷静にピッチャーを観察し感じたことを、気がついたことを、想いを、感情を、言葉で伝えてくる。上手く伝わらない部分もあるけど、まっいいかなんて、なあなあに流さない。伝わるまでしゃべるという真剣さ、気魄が迫ってくる。言葉を尽くせば伝わるんだという、言葉とおれと野球に対する信頼が迫ってくる。

一良は変わった。

こと、野球に関しては。

他のこと、例えばベンガルトラやウンピョウが絶滅しないか、日々心を痛めているとこなんかは、昔のまんまだが。一良は、ほんとネコ科動物が好きだ。道を横切った黒猫を見ただけで、目尻と口元が下がり、「にゃう」と鳴く。将来は、アジア森林警備隊（そんなものがあるのかは不明）に入り、絶滅の危機からネコ科動物を救うため命をかけるんじゃないか。

ネコ科動物のため一生を捧げた男、ここに眠る。

一良、墓碑銘はこれで決まりだな。

いや、待て、待て。お待ちなさい。まだ死んでもらっては困る。当分の間、おれのボール、捕ってもらわなくちゃならない。

一良のおかげで、おれは随分と気持ちよく投げさせてもらった。その結果が、選抜の出場だ。

むふっ、むふふふふ。むふっ、むふふふふ。

甲子園だよ。

春だよ。

まだ、寒いよ。

でも、甲子園だよ。

むふふふふ。

突然ですが、選抜出場が決まったにもかかわらず、おれは、はわいにいることを告白します。

はわいです。

アロハオエのハワイじゃなくて、羽合《はわい》です。

鳥取県東伯《とうはく》郡の羽合温泉です。

泉質は塩化物泉です。

しかも、嵐の露天風呂に浸《つ》かってます。

ごぉぉぉぉん、じゃばばば、です。

これには、いろいろ紆余曲折のわけがあって……、でもまあ、とりあえず、露天風呂からあがることにしよう。

堪能したぞ、嵐の湖上露天風呂。

身体拭《ふ》いて、牛乳飲んだら、ちゃんと説明するな。

では、それまで、ダ・スヴィダーニャ。

それでは、引き続きさいとう高校野球部と温泉について語る。

その二、やっぱりちょっと、とんでもない状況です（山田家両親ですが）。


いやぁ、美味い。

実に美味い。

やっぱ、最高だぞ。風呂上がりの冷え牛乳。ほどよく温まった身体にきゅーんと染みてくるこの冷たさと円《まろ》やかさを何に譬《たと》えたらよかろうか。うーん、思い浮かばない。

水やビールだと円やかさに欠けるし、コーヒー牛乳だと甘過ぎる。やっぱり、冷え牛乳がダントツ一位、チャンプの座は盤石《ばんじゃく》さ。

「ふふん、牛乳で満足してるうちは、まだガキだな」

親父が横目でおれをちら見しながら、缶ビールをあおっている。

いやだね、大人って。

嵐の湖上露天風呂から早々に逃げ出した負い目を、風呂上がりの牛乳vs.ビールにすり替えるとは卑怯《ひきょう》この上ない。

まっ、おれ的には勝者の心地よさもあり、嵐の湖上露天風呂を満喫した充実感もあり、プライドを傷つけられた（別に、おれが傷つけたわけじゃないけどね）親父の忸怩《じくじ》たる思いもわからんじゃないので、ふふふと余裕の笑みをかますぐらいで済ますことにした。

親父が自棄《やけ》気味にビールを飲み干す。

くそっ。あのちっこくて、洟垂《はなた》れ坊主で、茹《ゆ》で栗の早食い競争でも長風呂耐久レースでも、おれの足元にも寄せつけなかった勇作が、おれを越える日がこようとはな。ううっ、悔しい……、けれど、嬉《うれ》しい。悔しい、嬉しい、悔しい、嬉しい。くやうれしい。

羽合温泉、某旅館、湯上がりラウンジで、親父は複雑な男心を噛《か》み締めていた（たぶん、ね）。そこに、おふくろと梅乃《うめの》が風呂から上がって来た。二人とも、髪をアップにして髪留めでまとめ、ハイビスカス（紅色）模様の浴衣《ゆかた》（おそらく、ハワイの象徴のつもりなんだろうな。因みに男性用浴衣はカエル模様だ。カエル、そう両生類の蛙、オタマジャクシの両親の蛙の模様だ。しかも、鮮やかな緑色だ。しかも顔だけだ。しかも、その顔が中途半端にリアル、中途半端にデフォルメという代物ときている。どっちにしても男性用浴衣の模様は、ハワイとは関係ないと思う。カエルだもんなぁ。統一性がないぞ、某旅館）を着ている。

「おお、富士子さん」

親父が感嘆の声をあげる。

「湯上がりのきみは、また一段ときれいだな」

「あらぁ、うふふ」

「それに、似合ってるねえ。ハイビスカスの浴衣。まるで、ミス・ハイビスカスみたいだ」

「あら、ミスだなんて。あたし、子持ちの四十二歳よ」

「現役大学生の二十七歳に見えるよ」

親父、二十七歳で現役大学生って何年、浪人あるいは留年してんだよ。

「柳一《りゅういち》さんも、よく似合ってるわ。その浴衣。ミスター・ケロッグって感じで、すてきよ。三年浪人して三年留年した医学部の学生ぐらいの若さに見えるわね」

三年浪人、三年留年の医学生ってことは……三十ってことか。何故《なぜ》、素直に「三十歳ぐらいの若さに見えるわね」と言わないんだ、おふくろ。

親父が、ぽっと（ほんとに、ぽっという感じ）頬を染めた。現役高校生のおれより余程、初々しい。

「あはっ、いやあ、そうか。ははは、栗模様だったら、もっと似合ったと思うんだけどな。ミスター・チェスナットなんちゃって、ははは」

「ほほほ。チェスナットはだめよ。マロンよ、マロン」

「あっ、そうだよな。おれ『山田マロン食品』の社長だもんな。さすが富士子さん。鋭いよ。チクッときたね」

「ふふふ、もっと刺すわよ。ほらチク、チク、チクッ」

おふくろが人差し指で、親父の胸を突く。

「うわぁ、痛いよぉ。でも、富士子さんの針なら、いっぱい刺されてもいいなあ」

「じゃあ、ほら、チク、チク、チック」

「うわぁ、痛い、痛い」

梅乃が冷え牛乳を片手に、おれの横に座った。ラウンジには、冷蔵庫が設置してあって、中にびっしりと牛乳及びコーヒー牛乳が入っている。宿泊客は好きなだけ牛乳及びコーヒー牛乳が飲めるサービスだ。やるな、某旅館。

「あたしね、お兄ちゃん」

牛乳を一気飲みした後、梅乃がふっとため息を吐《つ》いた。生活に疲れたおばちゃんみたいな息の吐き方だ。

「パパとママの子どもに生まれたのって幸せだとは思うんだよ。思うんだけどね、時々、これでいいのかなぁって不安になる。そういうの、贅沢《ぜいたく》かな」

「実にまともな感覚だ」

おれは、ハイビスカス浴衣とカエル浴衣でいちゃついている両親から、視線を逸《そ》らした。

「そう?」

「そうだよ。温泉もプールも文句なく好きだが、水着で温泉に浸かる気はしないだろうが」

「うん、まったくしない」

「それと同じだ」

「どこが、どう同じなの? あたし、山田家の話をしてんだけど」

「つまり、まぁ、禍福《かふく》は糾《あざな》える縄のごとし。人生は良かったり悪かったり、晴れたり照ったりで、いろいろあるってこと」

「晴れたり照ったりって、どっちも、お日さま出てるじゃん」

「さすが梅乃ちゃん、鋭いな。チクッときたぞ」

「ふふふ、もっと刺すわよ。それチク、チク……なんて、アホな真似、絶対しないから」

「おまえが、実にまともな感覚の持ち主でよかったよ」

おれと梅乃は顔を見合わせ、少しだけ笑った。

「お兄ちゃん」

「うん？」

「温泉に来られて、よかったね」

「あぁ……だな」

行ってきなさい、山田くん。

鈴ちゃんの声が聞こえる。よみがえるの方がぴったりくるかな。

眼鏡《めがね》の位置を直しながら、鈴ちゃんはおれに言ったのだ。

「行ってきなさい、山田くん」

さいとう高校のグラウンドの隅にある、野球部部室の前だった。

プレハブの一棟で、野球部の右隣はサッカー部、左隣はテニス部の部室になっている。サッカー、野球、テニスと、いわば、三大スポーツ部が並んでいるわけだ。

と言い切ると、陸上部やバスケ部から「ちょっと、待ったぁ」の声がかかることは容易に想像できる。どのあたりを三大スポーツ部とするかは、微妙だからね。さすがに、スカッシュ部やセパタクロー部（さいとう高校には存在しない）、カバディ部（これも存在しない）は、沈黙しているだろうが。まぁスポーツってのは好きか嫌いか、やっておもしろいかつまらないかしかない。どんな有名な競技でも、自分に合わなけりゃ、それまでのことだ。

おれの場合、自分にとって最高のスポーツが、たまたま野球という「やったことのない人はいても、まったく知らないって人は、さすがにいないんじゃないかな」と言える競技だった。ずっと付き合っていた女の子が実はトップアイドルだったみたいな感じかな。

話を戻す。

さいとう高校のグラウンドの片隅、野球部部室前。鈴ちゃんが、眼鏡の位置を直す。

「行ってきなさい、山田くん」

「え？　いいんですか？」

「いいよ。せっかく、羽合温泉一泊分の旅行券が当たったんだから、ゆっくり行ってくるといいと思うよ」

そう、当たったのだ。

さいとう駅前商店街の二十周年記念行事の一つ『季節外れだけど、やっちゃうよ。春の大福引セール』で銀色玉をゲットしたのだ。しかも、二日連続で。奇跡としか言いようがない。奇跡の中の奇跡、キング・オブ・ミラクルだ。

おれじゃなくて、梅乃が、だけど。

いや、正直、おれでなくてよかったと思ってる。二十一世紀の現役男子高校生にあるまじき発言だが、『季節外れだけど、やっちゃうよ。春の大福引セール』（以下、春福引）で銀色玉、つまり、二等賞に連続当たりし、しかも、二等賞の商品が羽合温泉一泊ペアご招待券だなんて、あまりの幸運に怖れ戦《おのの》いてしまう。ここで、少なくとも一年分、いや三年分ぐらいの運を使い果たしたんじゃないかと、不安になる。

甲子園出場が決まっていたし、いくら温泉のためとはいえ、持ち運を使い果たしちゃやばいと、思ったわけだ。

運とか縁とか偶然とか奇跡とか天啓とか、意外に信じてるんだ、おれ。人の力ではどうにもならないことって、絶対にあるよね。人がどうにかしないと駄目なこと、人だからできることも、いっぱいあるけど。

「あたしは、平気だよ。温泉のために運を使うなら本望です」

梅乃は実に健気な潔い科白を口にした。我が妹ながら、称賛に値する。

お見事、すばらしいぞ、山田梅乃。

しかし、おれはやはり、甲子園のために運を取っておきたい。普段は、〝山田勇作愛するものランキング〟は一位温泉、二位野球、三位ぽっちゃり女の子、四位風呂（温泉）上がりの冷え牛乳となる。一位と二位は僅差なんだけどね。

今は、でも、一位と二位が入れ替わっている。甲子園が眼の前にぶら下がってんだから、やっぱり、高校球児としては野球を第一に考えちゃうでしょ。

で、おれは涙を飲んで、クシャミも堪《こら》え、しゃっくりも抑えつつ、宣言した。

「おれは、羽合には行かない」

ペア宿泊券が二枚当たったわけだから、四人、つまり山田家全員が羽合温泉、某旅館に宿泊できるわけだ。しかし、期間限定、三月十日が有効期限だった（普通、一年ぐらいの余裕あっていいんじゃないかと思うだろう。裏情報によると、さいとう駅前商店街会長と羽合温泉観光協会（正しくは湯梨浜《ゆりはま》町観光協会だそうです）会長が知り合いで、特別に期間限定招待券をプレゼントしてくれたとか。どういう経緯で知り合ったかは、未だに不明だ）。さすがに、「よっしゃあ、羽合だ。塩化物泉だ」と叫び、いそいそと旅行の用意をするわけにはいかないし、そういう気にもならなかった。

くそっ惜しいぜ。せめて、四月半ばが有効期限であったなら。と、地団太《じだんだ》を踏む心持ちはあったが、諦めるしかない。

「おれのこと気にしなくていいから、三人で行ってこいよ」

この上ないおれの優等生発言に、親父もおふくろも梅乃もあっさり頷いた。

「そうだな、そうしようか」

「せっかくの羽合ですものね」

「無理ならしかたないよ。その分、甲子園で力一杯、応援しようよ」

「そうしましょ。そうしましょ。羽合、楽しみだわぁ」

あの、みんな、おれのこと気にしなくて……。

「ねえねえ、パパ、ママ。玉造《たまつくり》や三朝《みささ》にも寄ってみたい」

「皆生《かいけ》はどうかな？　山を越えて奥津《おくつ》温泉ってコースもあるし。どっちにしてもレンタカーの手配をしなくちゃな」

「きゃあ、楽しい」

みんな、おれのこと、少しは気にしろ！

野球のために温泉を断念した一途《いちず》な高校球児に対する、この態度はどうなんだ。とは、叫びたかったが、いいさ、いいさ、おれには野球がある。甲子園がある。甲子園の通路をユニフォーム姿で歩くのだ。それでもって、売店で冷え牛乳を買って、一気飲みしてやる。甲子園の通路だ。湯上がりラウンジに匹敵《ひってき》する美味、快感を与えてくれるに違いない。ふふん、山田家諸君、きみたちには絶対にできない行為だろう。選ばれし我々のみに許された……あれ？　甲子園の売店って別に選手じゃなくてもカエル、いや買えるんだよな。

まぁいいや。薄情な家族より、アメリカ合衆国とはまったく関係ない鳥取県の羽合より、今は野球、甲子園あるのみ。と、おれはこぶしを握った。

なのに、鈴ちゃんは眼鏡の位置を直しながら、

「行ってきなさい、山田くん」

と、言ったのだ（同じ場面を繰り返して、ごめん）。

「え？　いいんですか？」

「いいよ。せっかく、羽合温泉一泊分の宿泊券が当たったんだから、ゆっくり行ってくるといいと思うよ」

「で、でも、やっぱり、それは駄目でしょう」

「なんで？　めったにないチャンスでしょ。無駄にするのもったいないよ」

「だって、甲子園が……」

「甲子園大会は三月二十二日からだよ。まだ、先だから」

「いや、けど、練習しなくちゃならないし」

「山田くん」

「はい」

「甲子園で勝ちたい？」

鈴ちゃんの眼が、眼鏡の奥でちょこっと細められた。獲物を狙《ねら》う狼《おおかみ》の眼だ。と、言いたいけど、鈴ちゃんの眼は細めようが見開こうが険しくも、鋭くもならない。福笑いのオカメさんみたいになるだけだ。オカメさんの眼で、勝ちたいかと鈴ちゃんは問うてきた。

「勝ちたいです」

正直に、答える。

そりゃあ、さいとう高校野球部にとって甲子園出場は、梅乃の銀色玉二連発以上の奇跡、グレート・キング・オブ・ミラクルではある。しかし、この奇跡は降って湧いたものじゃない。天からの賜り物ではなく、おれたちがこの手で引き寄せたものだ。

出場だけで満足したくない。

勝ちたい。

甲子園に出場するために、甲子園で勝つために、おれたちは野球をやっているわけじゃない。何かのためじゃなく、好きだから（野球というスポーツそのもの、そして、さいとう高校野球部でプレーすること、どちらも好きだ）頑張れる。そこんとこだけは、履き違えたくない。

勝利至上主義って落とし穴には落っこちないようにしなくちゃね。用心の上にも用心を重ねないと。

勝利は欲しいけど、おれたちの野球をやっているって実感の方がずっと大切だ。そこを見失っちゃうと、結局、勝利も摑めない。勝てばいいんじゃない。野球を楽しんで、精一杯野球をやって、結果、勝ちが付いてくる。いわば、さいとう駅前商店街で買い物（おふくろが電動歯ブラシと圧力鍋を買った）をしたら、福引券をもらえて、それで梅乃が春福引のガラガラ回したら、二等賞羽合温泉一泊ペア宿泊券が当たったようなものだ。

え？　譬えの意味がわかんない？　おれも譬えとしてはどうなんだ？　と、一人ツッコミを入れたい心境になっている。えっと、もう少し現実に即して話をするな。

去年の夏、おれたちは痛い目に遭った。鈴ちゃんは、おれたちの数倍痛い目に遭った。

夏の甲子園の地区予選初日、鈴ちゃんは交通事故で意識不明の重体に陥った。でも、ちゃんと復活して後遺症もなく、再びさいとう高校野球部監督（と、美術教師と美術部顧問）に復帰できた。背中に斜めに傷跡がついているけれど、鈴ちゃんとしては、これがちょっと嬉しいらしく、やたら背中を見せたがるようになった。

「ふふ、関ケ原《せきがはら》の戦いで後ろからやられちまったのさ」

なんて、ある意味アホ臭い冗談（どんな意味でもアホ臭いか）を、時折、かましてくれる。まぁ今では笑い話だが、鈴ちゃんが生死の境を彷徨《さまよ》っていたころ、おれたちは予選を勝ち進んでいた。勝ち進むにつれて、おれたちの周りは騒々しくなっていった。甲子園に近づいたからじゃなく、〝死と闘う監督と監督のために必死に勝ち進む野球部員〟って図が、マスコミの好餌《こうじ》になったからだ。好餌って言い方きつかったら申し訳ないけど、なんか、おれたち、いつの間にか〝死と闘う監督と（以下略）野球部員〟って役を演じるようになっていて、心のどこかで『おい、おれたち踊らされてないか。しっかり目を醒《さ》ませよ』って声も聞こえていたのに、でも、やっぱり踊ってた。演じてた。

「あの騒動のころ、実はおれ、頭ん中にワルツのメロディが、ずうっと流れてた」

と、しみじみ語ったのは前キャプテンの井上さんだった。甲子園大会も終り、日中の光はまだ熱を孕《はら》んではいるけれど、朝夕の風の穂先は涼やかで、秋の気配を十分に感じさせてくれる、そんな頃だった。うへっ、風の穂先だって。おれって意外にロマンチストだ。

「ワルツですか」

「そう、三拍子。タン、タン、タン。タン、タン、タン。木下《きのした》（前副キャプテン。ちょっと見、虚弱だがスラッガー。お菓子作りの名人）は、ヒップホップだったらしい。山田はそんなことなかったか」

「おれは……そう言えば、盆踊りの曲がかかっていたような……」

「おまえ、わりに和風なんだな」

「井上さん、わりに優雅なんですね。ワルツ、踊れるんですか」

「これが驚いたことに、踊れるんだよ」

「ぎょえっ。いっ、井上さん、その顔でワルツ踊るんですかっ」

「そこまで驚くな。ダンスと顔は、そんなに関係ねえよ。けどまぁ、今回はまさに踊らされちまったよなぁ」

「はあ。盆踊りでグラウンド十二周はした気分です」

おれと井上さんは、どちらからともなく、うへへへと情けない笑い声をたてた。うへへへへへ。

踊っている者に野球ができるわけがない。できるできない以前に、ワルツやヒップホップや盆踊りをしながらグラウンドに立っちゃいけないよね。そういう浮かれ者を見逃してくれるほど、野球の神さまは甘くはないから。

当然の結果として、おれたちは負けた。最後のぎりぎりで目が醒めて、踏ん張ったんだけど負けた。目醒めるのが遅すぎたんだろう。まぁ、鈴ちゃんも目が醒めてくれたから、敗北の苦さは吹き飛んじゃったんだけどね。

吹き飛んでも、粉々になっても、忘れちゃいけない。

「おまえら、二度と踊らされんなよ」

〝さようなら先輩。また、来てね〟会（命名、鈴ちゃん。ここだけの話だけど、鈴ちゃんって命名センスがイマイチな人だ）のときの井上さんの科白だ。

一瞬、会場（いつもの多目的教室）が静まり返った。井上さんの口吻《こうふん》の凄《すご》みに気《け》圧《お》されたのもあるが、踊らされた苦味をそれぞれが思い出したからだ。一良もポポちゃんも早雲もご住職もコンガリ杉山さんも伊藤さんも、口をへの字に曲げた苦い苦い顔つきになる。きっと、おれも同じ表情だったろう。口の中にぶわっと苦味が広がったもの。

「うんうん、いいですね。みんな貴重な経験したんだねぇ。これで、来年、甲子園に出場が決まっても、あんまり浮かれなくてすむよ」

鈴ちゃんが、にこにこしながら何度もうなずく。あのとき、にこにこしていたのは鈴ちゃんだけだった。鈴ちゃんは、病み上がり（怪我《けが》上がり？）で、もともと白かった肌がより白く（コンガリ杉山さんの黒さを溶質Aとするとそれに溶媒Bを加えて四十五分の一ぐらいに希釈した薄さだ）、細かった身体がより細くなっていた。ユニフォームがより似合わなくなり、野球部監督のイメージからより遠ざかってしまった。

「三年生には申し訳ないけど、一、二年生にはよかったんじゃないかなあ。あ、三年生にとってもマイナスばっかじゃないはずだから。他人に踊らされない。他人の言葉に流されない。これは、野球に限らず生きて行く上でとっても大切なことだからね。それが骨身にしみたのは、すごい意味があるよ、きっとね。ぼくも、もう二度とみんなに迷惑や心配かけないように、横断歩道を渡るときは、右見て左見てもう一度右見て渡るようにする。みんなも、気を付けようね。右見て左見ての後にもう一度、右を確認するんだよ。交通量の多いところでは、まっすぐに手を挙げて、『今、横断してますからね』をアピールするように。恥ずかしがってちゃだめだからね」

監督、僭越《せんえつ》ですが、お言葉の内容、前半と後半が、微妙に、いや、モロにズレてませんか。ズレてますよ。後半、交通安全キャンペーンで、ピーポくんと一緒に小学校を回っている交通課の婦警さんみたいになってます。

このように、鈴ちゃんは時たま、的外れな発言を繰り返す。その一方、妙に鋭いというか的を射たことも宣《のたま》う。

この日の鈴ちゃんの発言で特に注目すべきは、「(前略) 来年、甲子園に出場が決まっても (後略)」の部分だったんだが、おれも含め大半の部員は聞き流してしまった。

「鈴ちゃん、自信あるんだな」

〃さようなら先輩。また、来てね〃会の翌日、一良がぼそっと言った。二人並んで夕暮れの道を歩いているときだった。二つの影がよりそったまま長く地に伸び、秋の深さを感じさせた。

あら、あたしたち、とってもいいムードじゃない。このまま、付き合っちゃってもいいかも。むふむふ。

「勇作」

「はぁい」（どっき、どき。お付き合い申し込まれたら、どうしよう）

「また、とんでもなくアホな妄想《もうそう》に浸ってただろう」

「あれ？　わかる？」

「わかるに決まってんだろ。目付きが怪しげになってるぞ」

「一良くん、鋭い。でも、がっかり。乙女心がわかってないの」

「誰の乙女心だよ。あ、ミャウミャウ」

道を過《よ》ぎる三毛猫を見つけ、一良の目尻が大げさでなく七ミリは垂れた。三毛猫はまったく意に介さず、そのまま、板塀の間（一部が壊れて、猫どころか子豚でも通れる程の隙間があいていた）をくぐり姿を消した。

「ミャウミャウ。つれないなぁ。でも、そのつれないところがいいんだよニャア」

一良はこぶしで鼻のあたりをこする。猫の顔洗いの真似らしい。

一良、おまえも相当、怪しいぞ。

「で、鈴ちゃんの自信って何のことだ？」

「え？　ニャンのことかニャア」

「普通モードに戻れ。鈴ちゃんの自信の話だ」

「ああ、それな。鈴ちゃんの口調に自信を感じたんだ。鈴ちゃん、本気で、来年は甲子園狙ってるなって。つまり、鈴ちゃんなりに手応えを感じてんだよ」

「え？」

「え？　って、勇作、何にも感じなかったのか」

「かっ感じなかった。一良くん、どうしよう。あたし、もしかしてもしかして……不感症かも」

「ただ、鈍いだけだから安心しろ」

「へん、おまえが感じ過ぎなんじゃねえの。おでこをくすぐっても感じちゃうタイプだからな」

本気で感心すると、気持ちとは裏腹に茶化してしまうのはおれの悪癖（の一つ）だ。一良は感じ過ぎるのではなく、鋭いのだ。何気ない一言の中に潜む、鈴ちゃんの真意を見抜いた。

そうか、鈴ちゃん、自信があるんだ。

来年こそは甲子園を狙える、と。

一良は慧眼《けいがん》だった。そして、鈴ちゃんの自信は本物だった。現実に根を下ろした自信だったのだ。

おれたちは、翌春、甲子園出場の切符を手に入れたのだ。

当然、歓喜した。騒いだ。はりきった。

一月末、正式な連絡が学校に入ったとき、グラウンドは沸き返った。例によってマスコミも来ていたけれど、テレビカメラもフラッシュも差し出されるマイクも、気にならなかった。気に障らなかった。おれたちは誰のためでもなく、おれたちのために、喜び、抱き合い、帽子を放り投げた（鈴ちゃんから、グラウンドがぬかるんでいるので帽子を放らないようにと注意されてたのに、すっかり忘れていた。帽子、ぐちゃぐちゃの泥だらけになりました）。

「おつまえらぁ、ちくしょうーっ」

井上さんが雄叫《おたけ》びをあげて、おれたちの輪に突っ込んできた。

「うわっ、キャプテン（つい、呼んでしまう）。受験で上京してたんじゃないんですか」

「今朝一番の新幹線に飛び乗ったんだようっ。さいとう高校甲子園出場決定の一瞬に立ち会わなくて、どーすんだ」

「うわぁっ。嬉しいっす。で、試験はできたんですか」

「知るかよ。発表は来月だぁっ。センター試験でこけたから、親に頭下げて私立を一つだけ受験したんだようっ。これに落ちたら、浪人だぞーっ。くそっ、ちくしょう。けど、めでたいぜ」

井上さんの眼が真っ赤だ。鼻水も出ている。

「おれも行きたかったよおっ。甲子園。でも、嬉しいよおっ。おまえら、よくやったぞ」

「井上さーん」

「前キャプテン」（これはご住職の一声。きちんとした性格なんだ）

そこに木下さん（既に推薦で、京都の私立大学に入学が決まっていた。これからは和菓子に挑戦するそうだ）が、覚束ない足取りで、でも、駆けてきた。

木下さん、走らないでください。息が切れます。

「みんな……おめでとう。お祝いに、明日、特大の生クリームケーキとチョコレートケーキを作るから……」

「うわぁ、木下さーん、ありがとうございます」

「前副キャプテン、ご喜捨に感謝です」（これ、むろん、ご住職）

「ちくしょう、ちくしょう。無茶苦茶、嬉しいよぅ」

「……お祝いだから、派手なケーキにするから……ごほごほ」

なんだかんだの騒ぎが一段落した後、おれたちは、甲子園に向けて練習を開始した。ミーティングのテーマも『自分にとっての甲子園とは』とか『甲子園に乗り込むために、チームに必要なこと』とか『甲子園での体調管理について』とか、甲子園関連が圧倒的に増えた。練習には井上さん（みごと、某有名私大合格。おめでとうございます）を始めとして先輩たちが付き合ってくれたし、俄《にわ》かにOB会や後援会や地元有志会ができて、差し入れだの募金活動だの応援練習だのが活発化し始めた。さらに、隣市の女子高からチア・ガール部を借りるとか、ブラスバンド部が一日六時間の猛特訓に入ったとか、うわさが流れ、飛び、渦巻いた。

ぽっちゃりしたチア・ガールって最高なんだけど、正直、そこまでおれの気が回らない。

時間が経つにつれ、甲子園の開会式が近付くにつれ、徐々にプレッシャーを感じるようになっていたんだ。

だって、おれ、ピッチャーだよ。エースナンバー、貰《もら》っちゃったよ。鈴ちゃんが、「はい。1番は山田くんに正式に渡すよ」と、背番号『1』を手渡してくれたんだ。

1って、いいよな。たった一人で立っている感じが、すごく潔くて、かっこいい。この数字を背中に、甲子園のマウンドに立てるなんて、おれ、幸せだ。

と、本気で己の幸福を嚙みしめた。

「♪数字の1はなーに、お風呂のエントツ、プカプカ。数字の2はなあに、お池のアヒル、ガァガァ。はい、2番は山本くんだよ」

歌いながら、鈴ちゃんが一良に『2』を渡す。ちょっと、緊張感に欠けるけど、一良は頰を染めて、恭《うやうや》しく背番号を受け取った。

背番号1で、甲子園に立つ。

嬉しい。幸せだ。でも、怖い。

自信がないわけじゃない。おれはおれなりにおれ自身を信じている。でも、甲子園って未知の世界で、十分、力を出し切れるのか。あのでっかいでっかい球場で、萎縮せずに投げられるのか。

おまえは、そこまでのピッチャーなのか。そこまで、自分を信じ切れるのか。おまえが打たれたら、全てが終りなんだぞ。その現実を背負って、マウンドに立つことができるのか、勇作。

一月が終り、二月が過ぎ、三月に入るころ、おれの不安と緊張はピークに達した。ピークに達したのなら、そこから下がればいいんだけど、どこかの国の失業率みたいに高止まり状態で、ずっと、ピーク前後を推移している。

ああ、甲子園。

でっかすぎて、びびってしまう。

びびるおれの小ささに、つい涙する甲子園。

ああ、甲子園。偉大なれ。

て、どうだろうこの詩。ランニング創作コンクールで発表したいんだけど、あまりに軟弱過ぎるようで、迷ってるんだ。

そんなとき、鈴ちゃんに言われた。

「行ってきなさい、山田くん」

うわっ、話がまた戻っちゃった。ごめんね。やっぱ、甲子園に萎縮して、おれ、思考回路と言語活動が停滞してんだ。せめて、「え？　いいんですか？」云々の会話は省くからね。

「甲子園で勝ちたいなら、羽合に行くべきだと思うよ」

やっと位置の決まった眼鏡の向こうで、鈴ちゃんのオカメさん眼が笑う（笑うから、オカメさん眼になるのかな）。

「ど、どういうことですか、監督？」

「それは、行ってみればわかるよ。むふふ。ともかく、二日間練習は休んでいいよ。温泉に行っといでえ。いや、行かなくちゃ、駄目だよ。山田くん。なんてったって、山田くんはうちのエースなんだから。温泉は行くべきなんだ」

鈴ちゃんがひらひらと手を振る。それから、おれに背を向け、スキップしながら遠ざかって行った。

エースと温泉。どういう関係がある？

わからん。わかりません。まったく不可解です。

でも、鈴ちゃんの言葉に背中を押され、おれは、家族と共に羽合温泉にやってきた。嵐の湖上露天風呂と風呂上がり冷え牛乳を満喫した。夕食たべて、もう一風呂浴びるつもりだ。

これ以上、嵐が強くなると、露天風呂は閉鎖されるらしい。まっ、内湯でもいいや。一枚岩をくり抜いた岩風呂とかプールみたいな檜《ひのき》風呂とかあるんで、存分に楽しめる。明日の朝には、嵐も治まってるだろうから、朝日と共に露天風呂に……。

「あらっ」

梅乃が頓狂《とんきょう》な声をあげる。

「いっちゃん、どうして？」

いっちゃん？　いっちゃんって、誰だよ？

「ぎょうわーっ」

おれは梅乃の三倍も頓狂な叫びを響かせた。

「いっ一良、なんで、おまえが」

カエル模様の浴衣を着た一良がいる。

夢か、幻か、はたまた、錯覚か。

眼をこすったけれど、一良は消えない。浴衣から伸びた脚の毛まで、はっきりと見える。

「よう」

一良はタオルを摑んだ右手をゆっくりと挙げた。

ようって、何だよ。おまえが、なぜ、羽合にいる？

「露天風呂、まだ、入れるかな」

一良は心配そうに眉根を寄せた。こっちの心肺《しんぱい》は驚きのあまり停止しそうだ。止まったら、えらいことだけど。

「……まだ、だいじょうぶみたいよ」

梅乃が答える。

「そっか。じゃあ、ちょっと一風呂、浴びてくるな」

一良が男湯の暖簾《のれん》（青色の地に白く男と染め抜いてある。何か、すごくわかり易く男っぽい）の向こうに消えていく。

おれは口を半開きにしたまま、カエル模様の後ろ姿を見送った。

ダ・スヴィダーニャ、一良。

いやいや、さよならなんて言ってる場合じゃない。場合じゃないけど、一応、ダ・スヴィダーニャ。

P.S.　まったくの蛇足なんだけど、春福引の一等、金色玉は高級羽根蒲団《ぶとん》&カシミヤ毛布のセットでした。

さいとう高校野球部より温泉の話が多すぎると反省して、話を進めようと思う。

その三、一良、登場！　って、何で？

おれと梅乃は顔を見合わせてから、その顔を暖簾へと向けた。

暖簾は、揺れている。

一良が勢いよく撥ねあげて、中に入ったからだ。

「お兄ちゃん」

梅乃が空になった牛乳瓶《びん》を振る。

「なんだ」

「今のいっちゃんだよね」

「紛れもなく、山本一良だ」

「どうして、いっちゃんがここにいるの？」

それは、こっちが訊《き》きたい。

どうして、ここにいるんだ、一良。

もう一度、暖簾に目をやったとき、黄色の地にヤシの木が描かれたアロハシャツ、紺色のスカートと、ピンク色の縁取りをしたくるぶしソックスという出で立ちのおばちゃんが、一良の後を追うように暖簾を撥ね上げた。

「お兄ちゃん」

「なんだ」

「今の人、女だよね」

「たぶんな」

「どうして男湯に入っていったんだろうね」

それは、こっちが……別に訊かなくていいや。アロハシャツ（三種類の模様あり。ヤシの木、カモメ、ハイビスカス）、紺色スカート、縁取りくるぶしソックスは、この旅館の制服のようだ。つまり、あのおばちゃんは、某旅館のスタッフに違いなかった。名探偵でなくても、容易に推理できる。

「だめですったら、だめです」

おばちゃんの声が湯上がりラウンジに響く。

「露天風呂は、嵐が過ぎるまで閉鎖です」

「そこをなんとか」

「なんとも、なりません！　閉鎖です」

「じゃぼんと一回」

「一回も二回もだめです。内湯にしてください、内湯に」

おばちゃんに引き摺《ず》られて、カエル模様の浴衣を腰に巻いた一良が出てくる。

この旅館の売りは、湖上に設置された露天風呂で、内湯は別の場所に岩風呂、檜風呂、ジャングル風呂、洞窟《どうくつ》風呂の四つがある。

男湯と女湯は日替わりで、今日は、男湯は岩風呂、檜風呂チーム、女湯はジャングル風呂、洞窟風呂チームとなっている。おれたち山田家の面々は、旅館に着くやいなや露天風呂に飛び込み、夕食の後、ゆっくりと内風呂を楽しむ予定だ。

すがる一良を振り払い、おばちゃんは露天風呂の暖簾を下ろし、
閉鎖。危険。禁止。ストップ、露天風呂
と赤字で書かれた三角立て看板を置いた。かなりのインパクトではないか。

「あ、あぁぁぁあ〜」

一良が膝《ひざ》から崩れて行く。

「む、無念だぁ。もうちょっと、早ければぁ」

「残念だったな」

おれは片膝をつき、しゃがみこんだ一良の肩を軽く叩《たた》いた。

「けどな一良、人生ってのはそういうものなんだよ。僅かの差で明暗が分かれちまう。ある意味、残酷だよな。ふっ」

一良がゆっくりと顔を上げた。

「勇作、なんだ、その余裕かました態度は。ちょっとムカつく」

「ふふん。おれ、嵐の露天風呂、堪能しちゃったもんね」

「くっ、くそう」

一良の顔が歪《ゆが》む。

むふっ。おれの優越感、最高潮。

親父には実力で勝ち、一良には運で圧勝した。

いやぁ、いい気分だ。最高だ。

これが、おれの温泉実力ってもんさ。くわっはははは。

立ち上がり、腰に手を置き、おれは高らかに笑った。

くわっはははは。くわっはははは。

「我が兄ながら、品位に欠けすぎ」

梅乃の呟きが聞こえた。続いて、わざとらしいため息も。

「確かに、これみよがしの高笑いなんて、下品の極致だな」

「そう、下品」

一良と梅乃が顔を見合わせ、まったく同じ仕草でうなずいた。

何だよ、この息の合い方は。

「お兄ちゃんが露天風呂に入れたのは、ただ単に運が良かっただけでしょ。それを〝ぐわっはははは〟だって。やだ、やだ」

妹よ。その運を引き寄せるのがどれほど至難か、おまえは、まだ知らないのだ。運を呼ぶのも力の内だ。それにな、おれは〝くわっはははは〟と笑ったのであって〝ぐわっはははは〟とは一度も、笑っておりませぬからな。

と反論したかったが、しなかった。確かに、高笑いはやり過ぎだった。いやらしかった。ちょっと、恥ずかしい。反省します。

「悪かったよ」

おれは、素直に反省の意を表した。素直なのは、おれの（わりに数ある）美点の一つだと自負している。

「おまえのその素直さが、心配なんだ」

一良の顔がさらに歪む。

「は？」

「すぐ反省して、素直に謝るの、人間としてはまぁいいかもしんないけど、ピッチャーとしてはどうよ？　と、キャッチャーとしては、危ぶむわけだよな」

「うん、言えるよね。ピッチャーって意地がないと、やってけない商売だもんね。こだわりのラーメン屋さんと同じでさ」

梅乃が続ける。

くそっ、やっぱり息が合い過ぎるぞ、妹と相方《あいかた》。この一体感はどういうこった。

「下品だの、意気地《いくじ》なしだの、偏食だの、好きなこと言いやがって。おれにどうしろってんだ」

「偏食とは、一言も言ってないけど。お兄ちゃん」

「逆切れすんな、勇作」

うわぁ、マジ、腹が立つ。

一良が立ち上がる。軽く咳《せき》をすると、浴衣をきちんと着直した。それから、合の声だ。

「提案がある」

と、低音で告げた。ピッチャー感覚だと、右打者の内角やや低めの変化球って具
「提案？」

心臓がドクンと鳴った。これを高鳴りと呼ぶのか動悸《どうき》と名付けるのか。ともかく、ドクンだ。

心臓が鳴り、閃《ひらめ》きが走る。

そうか、特訓の提案か。一良が羽合に来たのは、そのためだったんだ。鈴ちゃんから練習の特別メニューを渡され、それを実行するためにおれを追って来た。どういう練習メニューか、おれには見当がつかないが、羽合温泉の湯が必要だったんだ、きっと。そう考えれば、
甲子園で勝ちたいなら、羽合に行くべきだと思うよ。

鈴ちゃんの、あの一言の意味が理解できる。

甲子園の勝利と羽合温泉特訓が繋がるのだ。謎は解けた。

「一良、提案とは？」

「うむ」

一良がタオルを首に掛け、背筋を伸ばす。

「勇作、おまえ、おれがここに入って来たとき、驚いたよな」

「ああ、驚いた」

素直に認める。ピッチャーとしては、ここで「驚く？　おれが？　馬鹿なこと言うな」と突っ張るべきだろうか。ちらっと思ったが、やっぱり素直に認めていた。おれって、ほんと根が素直なんだよな。単純とも言えるけど。

「おれがなぜ、羽合温泉にいるんだと驚いただろう」

「驚いた」

しつこいぞ、一良。同じコースに二度続けてサインを出され、しかも、それが〝ばりばりホームランコース〟だった気分になる。

「じゃ、風呂に行こう」

「は？　風呂？」

「そうだ。これから内湯に行く。そこで、おれがなぜ羽合に現われたか、その真相を語ってやる」

そこまで言うと、一良はにやりと笑った。それから、ゆっくりとした足取りで湯上がりラウンジを出て行った。

出て行く直前で振りかえり、

「行くぞ、勇作」

と、声をかけてくる。

なに？　おれがのこのこついて行くと思ってんの？　嵐の湖上露天風呂を堪能したおれが、内湯だと？　ちゃんちゃらおかしいや。笑ってやるぜ、一良。くわっははは……。

「早く、行きなよ」

梅乃が指先で脇腹《わきばら》を突いてきた。

チク、チク、チック。

妹に突つかれても、いちゃいちゃ度は0だ。この数字、防御率なら最高なんだけどな。

「いっちゃん、監督さんからの極秘のミッションを持ってきたのかもしれないよ」

「おまえもそう思うか」

「うん、思う。でないと、わざわざ来ないでしょ。ここ羽合だよ。鳥取県だよ。塩化物泉だよ」

「泉質は関係ねえだろう」

「でも、いっちゃん、わざわざ羽合まで来るほど、温泉好きじゃないでしょ。山田家の人間じゃないんだから」

「そのうち、なるかもな。あっ、おまえが山本家の一員になるってか。ふふん」

「は？　なにをぶつぶつ言ってんの」

「いや、べつに。そうだよな。あいつ、監督からの密命をおれに伝えるために、来たんだ。きっと、そうだ。うん、拙者も実はそのように考えては、おったのよ」

「お兄ちゃん。時代劇バージョンにならなくていいから。鬱陶《うっとう》しいだけだから。早く行きなよ」

梅乃の指突き攻撃が過熱する。

チクチクチクチクチクチクチクチクチクチク。

ノックの嵐なら耐えられるが、妹の攻撃には為《な》す術もなく、おれは早々に逃げ出した。

「あれ、勇作、どこに行くんだ？　連チャンで風呂巡りか。おまえ、かなり調子に乗ってんな」

「あら、さっき一良くんによく似た人がカエルのキグルミ着て通らなかった？　気のせい？」

親父とおふくろがいちゃいちゃ度85の行為をやめて、話しかけてくる。おふくろ、キグルミじゃなくて、浴衣だから。親父、いつまでも敗北を引き摺るなって。

というわけで、おれ、今、檜風呂に入ってます。

外は依然として真っ暗、大嵐状態だ。

「これじゃあ、やっぱ露天風呂は無理だったよなぁ」

一良がガラス戸の向こうに目をやり、未練がましく呟いた。

「一良」

「あいよ」

「監督からの密命とは、なんだ」

「は？　ミツメイ？」

「とぼけるな。おまえが、わざわざ羽合まで来たのは、温泉に入るためじゃないだろうが」

「温泉に入りに来たんだよ」

あっさり言われて、おれは文字通り言葉を失った。

「おれさ、実は当たっちゃったんだよ。一等賞が」

一良が指を一本、立てる。

春福引の一等ってことか？　とすれば、高級羽根蒲団&カシミヤ毛布のセットだ。別に羨《うらや》ましくない。

おれ、基本、床にごろ寝とかでも熟睡できちゃうもんね。温泉の泉質には拘《こだわ》るけど、寝具とかまったく関心のないタイプなんで。

「商店街のじゃなくて、駅前ショッピングモール『ととや』の分だ」

「へえ、『ととや』でも、春福引やってたんだ」

「正確には、『どどーんとスプリングチャンス』（以下、どんスプと省略）ってやつなんだけどな。それがどどーんと当たっちゃったわけよ」

「一等景品が、羽合温泉宿泊チケットだったたんだな」

羽合温泉、さいとう市の経済界で大人気なのか。

「いや。高級画材セット」

「は？　一等賞がお絵描き道具かよ。それ、せこくねえか」

「何か、絵具がフランスだかイタリアだかモナコだかの、チョー高級なやつで何万円もするんだってよ。その他にもカンバスがあって、チョー高級な筆とかがついてるんだ」

まったくもって、羨ましくない。

「高級画材セットと羽合温泉がどう結びつくんだよ……あっ。鈴ちゃんか」

「ビンゴ。まさに、それ。おれが、ナンチャラ高級絵具の話をしたら、鈴ちゃん、涙目になっちゃやって……」

以下、一良の証言による、昨日のさいとう高校グラウンドでの一幕。

鈴ちゃん（以下、鈴）「やっ、山本くん、今、何て言った？」

一良（以下一）「は？『ととや』のどんスプでナンチャラ画材セット（正式な名前は、むろんあるのだが、一良にはナンチャラとしか聞こえなかったそうだ）が当ったと……」

鈴「ナンチャラ画材セット……」

鈴ちゃん、一瞬、遠い目になる。

鈴「山本くん、それを……どうする気だ」

鈴ちゃんの目付き、語調が突然鋭くなる。

一良、たじろぐ。

一良の心の声。

（監督がこんな眼をするなんて）
一「どっどうするって言われても。バットやミットならまだしも、画材なんておれには必要のないものですし……」
鈴「うむ、きみには必要ない。では、どうする」
鈴ちゃん、一歩、一良に詰め寄る。一良、一歩、退く。
一「あ……あの」
一良の心の声。
（そうか、監督は美術の教師でもあったんだ。忘れていた）
一「監督、上げます、上げます。差し上げます」
鈴ちゃん何度も眼を瞬かせる。暫《しばら》くの間の後、ゆっくりとかぶりを振る。
鈴「いや、天麩羅《てんぷら》やイカリングフライじゃないんだから、揚げればいいってもんじゃない。山本くん、ナンチャラ画材セットをぼくに買い取らせてもらえないか」
一「いや、でも……景品を監督に売るなんて、ちょっと抵抗があるんですけど」
鈴「律儀だねえ、山本くんは。その誠実さを少し、山田くんに分けてあげるといいのに」

「待て、ちょっと待て」

　おれは、思わず風呂の中で立ち上がった。おれの肌は白い（けっこう悩み。日に焼けてもすぐ戻ってしまう。コンガリ杉山キャプテンの半分でも色黒だったら、もうちょっと引き締まって見えるのにな）ので、風呂に浸かっていた部分だけ見事にピンク色になる。つまり、今のおれは上半分白、下半分ピンクのツートーンカラーボディなのだ。格好悪いけど、しかたない。

「鈴ちゃんが本当にそんなこと言ったのか」

　一良はおれとは反対に、顎《あご》まで湯に浸かり込んだ。

「まぁ、そんな風なことをもにゃもにゃ」

「正確に話せ、正確に。自分の都合のいいように事実を湾曲すんな」

「勇作。湾曲じゃなくて歪曲《わいきょく》だ。因みに、湾曲とは弓形に曲がることで歪曲とは事柄を意図的に歪めることを意味する」

「じゃあ、意図的に歪めずに、事実を話せ」

　ずばっと言ってやった。

　一良が鼻の下まで湯に潜る。

　ふふ、勝負球で見事、三振に打ち取ってやった心境だ。

鈴「律儀だねえ、山本くんは。じゃあ、どうだろう。ナンチャラ画材セットと羽合温泉の宿泊費及び羽合温泉までの交通費の交換ってのは？」
一「え？」
戸惑いを顔に浮かべる。
鈴「羽合温泉に行って来てよ。山本くん」
一「監督、それは勇作の後を追えってことですか」
鈴「そう。羽合温泉でバッテリーの再会を果たして欲しい」
一良、まじまじと鈴ちゃんを見詰める。
一良、心の声。
(監督は、おれに何をしろと言うんだ。監督の真意が、摑めない)
鈴「再会を果たしたら、そこで」
一良、身を乗り出す。
一「そこで」
鈴「のんびりしてきなさい」
一「は？」

鈴（いつもより、さらに緩やかな口調で）「羽合温泉で二人して、のんびりしてくるといいよ」
一「のんびり……ですか？」
鈴「そうそう。のんびり、ゆっくり、リラックス。それが、どれほど気持ちがいいか、思い出してきてね」
一「はあ……」
鈴「忘れてたでしょ」
　鈴ちゃん、にこっと笑う。その笑顔を一良、見詰め続ける。
鈴「山本くんもだけど、山田くんはさらに忘れてたよねぇ。だらんと力を抜くこと」
一「はあ、確かに。このところ、あいつ、妙に緊張してました。本人は余裕ありますって風に見せてたけど、そういうポーズのときって、あいつがかなり緊張してる証拠なんです」
鈴「だよね。で、山本くん」
一「はい」
鈴「山田くんのピッチャーとしての一番の魅力って何だと思う？」

一「勇作の魅力ですか……、うーん、まず浮かぶのは……、温泉について抜群の知識を備えてるってことですかね」
鈴「それは、ピッチャーの魅力には入らない気がする」
一良、暫く考え込む。

「待て、待て、待てぇ」

おれは再び立ち上がり、泡を飛ばした。髪を洗っている最中だったのだ。

「おまえ、なぜ、そこで考え込む。変化球の切れがいいとか、粘りがあるとか、ストレートの威力は相当なものだとか、あれこれあれこれ、あっちもこっちも、いっぱいあるだろうが」

「そうか？　そうだよなぁ。何てったって、曲がりなりにも、強いて言えばうちのエースなんだからな」

「おい、おい、おい」

曲がりなりにもとか、強いて言えばとか、何だよ。おれは、真っ直《す》ぐ、ど真ん中、さいとう高校野球部のエースなんだぞ。

シャンプーの泡を頭上てんこ盛りにしたまま、一良を睨《にら》みつける。眼力全開。睨みビーム、発射！

痛っ。しっ、染みる。

泡がもろ、目に入っちゃった。しかも、両眼に。

痛っ。かなり、痛ったたたた。

痛い。このシャンプー、むちゃくちゃ染みる。何が入ってんだよ。まさか、『羽合温泉特製、ワサビ入りシャンプー。これで、あなたの毛根、しゃっきりお目覚め』なんてやつじゃないだろうな。

おれは、かなり慌《あわ》ててシャワーへと手を伸ばした。

かなり慌てている（冷静な行動がとれない）＋手のひら泡だらけ（滑る）＝摑み損なって、シャワーヘッドがおれのヘッドを直撃。

「勇作、おまえ、何どたばたやってんの」

頭を押さえてしゃがみ込んだおれの横で、一良はゆうゆうと身体を洗い始めた（と、気配で察する）。


♪


ふふふふん、ふふふふん。

ぼっ、ぼっ、ぼくらはさいとう高校野球部だい。

みんなで野球をやってます。

みんなで、甲子園、出ちゃいます。

ふふふふふん、楽しいな♪


「一良」

「あいよ」

「それ、即興『さいとう高校野球部の歌』か」

「いや、即興『ふふふふふん』だ。ここをみんなでハミングしたら、そーとー盛り上がるはずだぞ」

盛り上がるわけねえよ。第一、ふふふふふんなんて、おれ、ぜーったいハミングしないし。

シャワーの湯を顔にかけ、目を洗う。

あー、痛かった。

「しなやかさ」

一良が呟いた。

「品川？　東京の？」

「品川は関係ない。しなやかさ。弾力に富んで、よくしなる。のしなやかさ」

「ああ、そっち系ね。おまえ、滑舌《かつぜつ》悪いから、品川さって聞えちゃったよ。ぎょえっ！　目が真っ赤になってる。ひでえな。おれ、兎年《うさぎどし》じゃないんだけど」

鏡に映った赤目のおれはちょっと不気味だが、それがけっこう妖《あや》しげな魅力にもなっているようで、おれ、兎としても十分やっていけるかもと、ふっと考えてしまった。兎になって何をやるつもりなのか、全く当てはないが。

「勇作」

「あいよ」

「訊かないのか？」

「何を？」

「おれの呟きの意味をだよ。風呂に入って、シャンプーしながら『しなやかさ』って呟いたんだぜ。フツー、『今、何て言った？』とか『何だよ、しなやかさって？』とか、訊いてくるでしょ」

「そうかぁ。おれ品川さって聞えちゃったもんで、その時点で探究心が萎《しぼ》んじゃったんだな。おれの心って、デリケートだし」

一良は眉間《みけん》と鼻の先に同時に皺《しわ》を寄せ、拒否感と不快感を何気に醸し出した。

「で、一良」

「あいよ」

「何だよ、しなやかさって？」

一良は眉間に皺を寄せたまま、おれを見た。右の耳朶《みみたぶ》と鼻の横にボディシャンプーの泡がくっついている。一良は、極め付きの童顔だから、風呂場で遊んでいる小学生としか見えない（首から上だけに限定しての話だ）。

「ピッチャーとしての魅力」

「おれの？」

「そうだよ。おれなりに、鈴ちゃんの質問を考えてみたんだ。ピッチャーとしての山田勇作の魅力って何だ？　ってな。それで、おれなりに答えを摑んだわけよ。つーか、閃いちゃったんだよな。そうだ、しなやかさだって。あっ、言っとくけど」

泡をつけたまま、一良は小さく舌を鳴らした。

チッチッチッ。

「身体の柔軟性とか、筋肉のしなりとか、そういう意味じゃねえよ。なんつーか、気持ちの問題なんだよな。おまえ、自分で思ってるより、かなり、気持ち的にしなやかなんだよな。すぐに、へこむけど、へこんだ倍のスピードで復活できるし、切り替え早いし、打たれたら頭に来てめっちゃ悔しがるけど、頭のどこかで『次、打たれないためにはどうすんべえか』って冷静に考えられる能力もあるし、考えてピッチングを微調整もできる。それ、ピッチャーとしては、文句なく魅力、かなりの力だよな」

そこで、一良は軽く咳き込んだ。泡が喉《のど》に入り込んだのかもしれない。喉の奥がいがいがするが、目に入るよりはマシだろう。

「ごほっ、ごほっ……ごほっ。あー、いがいがする。えーっと、で、おれ閃いたことを鈴ちゃんに伝えたんだよな。そしたら」

「そしたら？」

「ごほっ、ごほっ、ごほほん、ほん」

「咳で返事をするな。そしたら、鈴ちゃん何て言ったんだよ」

「春休み明けの授業が楽しみだって」

「は？」

「春休み明けの美術の授業で、素描三点ってのをやるらしい。人と静物と風景をさささっと描いちゃうやつだ」

素描とささっと描いちゃうのは違うと確信をもって言えるが、まぁそこには拘るまい。うーん、正直、おれ、話の展開が読めなくなりました。ピッチャーの魅力、しなやかさ、ごほっごほっ、いがいが（このあたりまでは、まぁついていける）、春休み明けの授業、素描三点。この流れのどこに、一貫性がある？　テーマは何だ？

嵐の露天風呂を経験し、さらに内風呂（檜風呂）に浸かり、明日もゆっくり朝湯を約束されているおれとしては、最高の状態にあるわけだ。こういうときは、頭の回転も勘も冴《さ》えてくる。

にもかかわらず、話の展開、まるで読めません。脱帽です。降参です。Give me じゃなくて、Give up。参りました。

教えてください、一良さん。

おれの縋《すが》るような視線から全てを悟ったらしく、一良は鷹揚《おうよう》にうなずいた。

「素描ってスケッチだろ。スケッチって、対象を正確に把握する必要があるわけだ。それには、対象を正確に見ることのできる視力と対象の本質を正確に見抜く眼力がいるわけよ」

「う、うん」

首を縦に振るには振ったが、やはり、話の展開、見えてきません。

「鈴ちゃん曰《いわ》く『山本くん、ちゃんと山田くんの本質を見抜いてるじゃないですか。そうそう、彼の最大の魅力、持ち味は、あのしなやかさです。復元力ですよね。たわむことはあっても、決して、ぽきって折れちゃわないんですよね』ということらしい。うわっ、おれ、おれ、よく覚えてんな。記憶力、相当なもんだ」

「うん」

おれは素直に首肯《しゅこう》する。一良は昔から、記憶力はよかった。おれだったら、三歩歩くうちに忘れてしまうような些細《ささい》な出来事を、ちゃんと覚えていたりする。暗記科目とかも得意だ。そういえば、こんなエピソードが。

昔、昔のことだが……いや、止めとこう。長くなり過ぎて、さすがのおれも、湯中《あた》りする危険性が出てくるんで。〝一良くん、記憶力抜群エピソード〟はまたの機会にお送りします。それより、話の展開、ちょっと、わりあい、かなり、読めてきました。

「つまり、おまえには視力と眼力が備わっていて、だから、春休み明けの素描三点授業でどんな絵を描くか楽しみって、こういう流れだな」

「……うむ」

一良の唇が尖り、典型的不満顔になる。もう少し、おれに首を捻らしたかったたんだろうな。ふふん、ごめんな。飲み込み、早くて。

「さらに、鈴ちゃん曰く『このところ、山田くんらしくなかったでしょ。妙に、硬くてねえ。せっかくの魅力、半減だよね』。おれ曰く『それは、勇作に魅力を感じなくなったってことですか』。鈴ちゃん曰く『いやいや、そんな。山田くんは十分、魅力的ですよぉ。ただ、このところ、意識しすぎてたでしょ。おれが、がんばらなくちゃとか、おれが投げ切らなくちゃとか。せっかくの品川さが失われてたよね』だそうだ」

「品川さじゃなくて、しなやかさ、な」

何気なく、訂正する。一良は気にする風もなく、曰くを続けた。己の記憶力の良さに、改めて満足している風だった。

「さらに鈴ちゃん曰く『山本くんも、けっこう硬くなってたよね』。おれ曰く『はい、カチカチです。凝り性なもんで』」

一良、そこでボケをかましたのか。監督相手に。まぁ、下ネタにもっていかなかっただけ、ぎりぎりセーフかもな。

あ、そういえば、子どものとき近所のマンションに、シモネッタという名のイタリア人が住んでいたっけ。背丈はおれ（今、現在）よりやや低めなのに、横幅は、おれ（今、現在）の二倍はありそうなでっかい女の人だったんだが、ある日を境にどんどん痩せ始めて、とうとう、半年後には……いやいや、だめだめ。横道エピソード、省略。本筋に戻す。

「鈴ちゃん曰く『いや、肩の話じゃなくて……。うん、そうなんだよね。バッテリー二人して少し、自分たちの良いところを見失ってんだよね。山本くん』。おれ曰く『はい』。鈴ちゃん曰く『てことで、羽合温泉でバッテリー合宿してきてください。テーマは』。おれ曰く『テーマは？』。鈴ちゃん曰く『二人でゆっくりたっぷりリラックス。自分たちのしなやかさをしっかり思い出しましょう』。おれ曰く、じゃなくて心の声（テーマ、長えな）」

そこまでしゃべって、一良はふうと大きく息を吐いた。いつもの、一良のしゃべりペースからして明らかにオーバー、しゃべり過ぎだ。なにより、曰くが多過ぎる。曰くを多用すると、舌を噛みやすくなるのだ。一良の吐息には、舌も噛まず、セリフも噛まず無事、話し終えた安堵《あんど》も含まれていただろう。

はい、ごくろうさま。

それにしても鈴ちゃん、やっぱり、ちゃんと見ててくれたんだな。おれ自身でさえ気がつかなかった、というより、敢えて目を逸らしていたところを見抜いてくれた。何か、ほっとする。そして、じんわりと嬉しくなる。

しなやかさ。

それが、おれの力。

うん、そう。きみはしなやかなピッチャーなんです。忘れちゃいけないよ、山田くん。

鈴ちゃんの声が、くっきりと聞えた。

しなやかで、強靱《きょうじん》な者として、マウンドに立ちたい。ボールを握り、投げたい。想いがわき上がる。心臓が鼓動を刻む。初めて野球のボールを投げたガキンチョのころの興奮と高揚がよみがえる。

きみはしなやかなピッチャーなんです。

シャワーを一良に向ける。勢いよく噴き出したお湯が、瞬く間に泡を洗い流してしまった。

「勇作、シャワーぐらい自分で使える。余計なこと、するな」

「だって、楽しいだろ。こういうの。♪ふふふふふんふん、ふふふふふん、楽しいね楽しいよ」

「馬鹿、何、照れてんだよ」

「照れてなんかねえし」

「照れてる、照れてる。顔も目も赤くなってるじゃないかよ」

「温泉に浸かれば顔は赤くなるし、シャンプーが入れば目は赤くなる。常識でしょ、これ」

「嘘つけ。照れてる、照れてる。もろ、照れてる。わーい。山田勇作くん照れてまーす」

「うるさい。これでも、喰らえ」

一良の顔めがけて、シャワー、全開！　発射ーっ。

「うわっ、うわっ、ちくしょう。水攻めとは卑怯なり」

「くわっはっはっ。息が出来まい。どうだ、どうだ。素直に負けを認めれば、許してやるぞ。くわっはっはっ」

「ふざけんな。シャワー程度でびびる、おれか。それ、反撃だ」

一良は屈《かが》みこみ、シャワー攻撃から逃れると、桶《おけ》に湯とシャンプーをぶち込んだ。猛烈な勢いでかき混ぜる。桶から泡がもこもこと現れる。手品みたいだ。

そういえば、一良は何でもかんでも泡立てるのが上手だった。人間泡立て器みたいなやつだ。

幼稚園のときのエピソードだけど、『ダチョウのたまごと泡立て器』という絵本があって、その表紙の絵が……。いやいや、だめだめ、今回は横道エピソード、即刻中止。本筋に戻す。

もこもこ泡さんに、つい、見惚《みと》れていて隙《すき》を作ってしまった。はっと気がついてシャワーを握り直したときは、すでに遅し。頭からざんぶりと、泡をかぶせられていた。とっさに目を閉じたから染みてはこないが、迂闊《うかつ》に開けられない。

「わわわわわ、泡わわわ」

なんて、つい叫んでしまったのが大失敗で口の中に泡が流れ込んできた。うえっ。うえっ。うえっ。

「かかかかか、思い知ったか。シャンプーさまの偉大さの前に、ひざまずけ。泣いて赦《ゆる》しを乞うがよいぞ。かかかかかか」

一良は完全に、世界征服を企む悪の帝王キャラになっている。

「ううううう」

おれは呻《うめ》き、ひざまずくふりをして、思いっきり頭を振った。泡が四方に飛び散る。その内の一つが上手いこと、一良の顔を直撃した。

「ぎやっ。染みる。痛っ、痛っ」

「けけけけけ、どうだ、どうだ」

頭の泡を丸めて（実際は丸めたりできないよ。あくまで、つもりなんで）、「とわーっ」の掛け声と共に一良に投げつけた。

おお、見事、命中。かと思いきや、一良のやつ右手で打ち返してきた。敵ながら見事なジャストミートだ。

泡はさらに細かくちぎれ、あっちこっちに飛ぶ。

「くそっ、これならどうだ」

「どっこい、負けるか。攻撃、あわあわあわあわーん」

「甘いぞ、一良。それ、シャワービーム」

「けらけらけらけららん。そんなちゃちな攻撃、びくともせんわい。ほーら見ろ見ろ、おれは全身、泡泡マンだ」

「ほざけ。今度は、容赦しないぞ。そーれ」

「お客さん！」

風呂場に響き渡る、おばさんの声。

出入り口に仁王立ちするおばさん本体。

黄色の地にヤシの木模様のアロハシャツ。紺色のスカート。

あのおばちゃんだ。一良の露天風呂入浴を力尽くで阻止した、剛の者のおばちゃんだ。ただし、今は裸足《はだし》だ。アロハシャツのポケットがやや膨《ふく》らんでいるのは、ピンク色の縁取りをしたくるぶしソックスが入っているからだと、おれは推理した。

「風呂場で遊ばないでください。他のお客さんに迷惑です」

おばちゃんは、仁王立ちのまま、おれたちを睨みつけてくる。鋭い眼光、すごい迫力、只《ただ》ものではない。

「あ、はい、すっ、すみません。でも、あの、他に人がいなかったので、つい……」

おれはしどろもどろになって言い訳をする。完全に気圧されていた。一良も同じらしく、おろおろしながら「ごめんなさい」と小学生レベルの詫《わ》び言葉を繰り返していた。

「子どもさんが入ろうとしたら、おっきなお兄さん二人が暴れていて怖いって」

おばちゃん、そこでふーんと鼻の穴を広げる。

「苦情がきました」

「もっ、申し訳ございません」

「ごめんなさい」

おれと一良は、深々と頭を下げる。

おばちゃんの雰囲気がふるるっと緩んだ。声音からも顔つきからも、険しさが消える。

「以後、気をつけてくださいね。露天風呂は閉じてしまいましたし、内風呂にまで入れないとなると、お子さまたちが可哀そうですので」

ごもっともです。まったくもって、ごもっともです。

「では、羽合温泉のお湯を存分にお楽しみくださいませ。節度をもって、お願い致しまぁす」

にこやかにほほ笑みながら、おばちゃんがドアを閉めた。一良と顔を見合わせ、どちらからともなくため息を吐き出した。

「ちょっと、調子に乗り過ぎたな。反省」

一良が、連続でため息を吐く。

「うん、ガキみたいにはしゃいじゃったよ、おれ」

おれは寂しく笑って見せた。

己の愚かさを己で笑う。この苦さも青春の証《あかし》か。ビターなチョコレートと牛乳の相性が抜群なように（だよね？）、苦い経験と若い日々はぴたりと合わさるものなのだ。苦いと若い、字面も似てるし。

「うわっ、勇作、おまえ」

一良が絶句する。

「は？　なに？」

「おまえ……もろ出しで……」

「え？」

おれは、ぎゃっと悲鳴を上げて股間を押さえた。今さら遅いけど、ものすごく遅いけど、遅いってよくわかってはいるけれど、こういう場合、両手で押さえる以外、どんな手立てがあるでしょうか。あるなら、教えてほしいものです。

「おばちゃんに……見られちゃったな……。気の毒に」

一良が同情に堪《た》えないという風に、すっと目を伏せた。

「そっ、そんなん、おっ、おまえだって一緒じゃないかよ。真っ裸だったんだから……」

おれはそこで生唾《なまつば》を飲み込んだ。一良の臍《へそ》から太股のあたりは、まだ泡で覆われている。

「へへぇ、泡泡パンツ、穿《は》いちゃってたんだ。テヘペロ」

一良が肩を竦《すく》め、ちろりと舌を出した。

「勇作、どうしたの。元気ないじゃない。せっかくのご馳走なのに食欲ないの？」

「お兄ちゃんの好きな鯛のお刺身だよ。ほんとに食べないつもり」

「これ、おまえの大好物の海老真薯《えびしんじょ》だ。おれの分もやろうか」

おふくろ、梅乃、親父が順々におれの顔をのぞきこんでくる。

「いやぁ、勇作は今、かなりの衝撃を受けていますんで、そっとしておいてやってください」

一良が、鰤《ぶり》シャブシャブをつつきながら、かぶりを振る。

くそっ。泡を前にくっつけてただけで余裕を見せやがって。

「衝撃って、何かあったの」

おふくろが小首を傾《かし》げる。親父の目尻が、五ミリは下がった。

もう、おれの嫁さんって、かわいい。

心の声がまる聞えだぞ、親父。

「いやあ、ちょっと、おれの口からは何とも、もごもご」

「やだ、いっちゃんの言い方、何か気になる」

「そう？　でもまあ、たいしたことじゃないから、気にしないでいいよ、梅ちゃん。な、勇作」

「いっちゃん、何よ、教えてよ」

「教えないよ。梅ちゃん」

ふざけんな、おまえら。何がいっちゃんだ。何が梅ちゃんだ。昔の呼び方で、和気藹々《わきあいあい》としてんじゃないぞ。『いっちゃん・梅ちゃん』って芸名で、お笑いコンビでも組めばいいだろう。ぴったり息合ってるし。ふん。

どうせ、おれなんか、もう駄目だ。おばちゃんに、もろ見られちゃったなんて……もう、立ち直れない。

山田くん、しなやかに。

鈴ちゃんが言った。言ったような気がした。

きみは、しなやかなピッチャーなんだよ。

しなやかに、したたかに、粘り強く、剛直に。

そうだ、おれはピッチャーだぞ。

甲子園のマウンドに、おれは立つんだ。

箸《はし》を掴む。

鯛の刺身、美味そうだ。鰤シャブシャブ、待ってろよ、今、食ってやる。海老真薯、うわうっ、大好物だ。

温泉旅行に来て、嵐の露天風呂にも入って、檜風呂にも入って、ご馳走が目の前にあって、明日だって朝風呂を楽しめる。

最高だ。最高の日々だ。

おばちゃんに見られたぐらい、どうってことない。それに、あのおばちゃん、すごい近視かもしれない。湯煙とかでよく見えなかったかもしれない。

そうそう、何てことないって。やっちまったことをくよくよ考えても、始まらないしね。

梅乃がくるんと黒目を動かした。

「お兄ちゃん、急に復活、したんだね」

「まぁ、それでこそ、いつもの勇作よ」

「あっ、馬鹿。おれの海老真薯まで食べるな。さっきのは、冗談だ」

美味い、美味しい。がんがん、食うぞ。

「うん、甲子園、問題無しで乗り込めるな」

一良が椎茸を箸でつまみながら、呟いた。

翌日、快晴。

朝ランニング、快調。

朝風呂、朝露天風呂、満喫。

朝食、完食。ご飯三杯、味噌汁《みそしる》二杯、お替わり。

「よし、帰るぞ。一良」

「おう。帰ろう」

帰れば、いよいよ、甲子園だ。有馬《ありま》だ。酸ヶ湯《すかゆ》だ。

「その前に、お土産《みやげ》、買わなくっちゃ」

おふくろが、売店を指差す。

「そうだ、おれも、会社のみんなに土産がいるな」

「でしょ。でしょ」

親父とおふくろが、例のチクチクを始めやしないかと、一瞬、緊張したが、仲良く並んで売店に入るに止まった。やれやれである。

「おれらも、チームのみんなに何か、買っていくか」

一良が、饅頭《まんじゅう》の二十四個入りの箱を持ち上げて、値段を確認する。

「饅頭より、ラッキョウの甘酢漬けの方がよかないか。けっこう、美味かったぜ」

「部室でみんなでラッキョウを食うのもなあ」

「じゃあ、長芋はどうだ。あっさりして、美味かったけど」

「勇作、部室で長芋食ってる野球部員って、悲しかないか」

「悲しかないだろ。ちょっと、べとべとするけど」

「あら、お客さま」

背後で声が。

背筋に冷たい汗が流れる。

「今日はもう、お発《た》ちですか。お名残《なご》りおしいこと」

おばちゃんだ。紛うことなく、昨日のおばちゃんだ。

「お土産をお探しですか」

「あ、はい。そ、そうれす」

おれは完全に、蛇に睨まれた蛙状態です。舌がちゃんと回っていない。

「あー、そのお饅頭、とっても美味しいですよ。日持ちもしますし。ほら、ここのところに十年間、保存可能って書いてあるでしょ」

おばちゃんが、ノミの頭、あるいは針の先ぐらいの文字を指で押さえる。十年日持ちする饅頭って、どうなんだ。いや、饅頭の賞味期限よりも気になるのは……。

「あの……目がいいんですね」

「へ？　わたしですか？　ええ、いいですよ。眼鏡、かけたことなくて。視力だけは自信がありますからねえ。ほほほ」

目眩《めまい》がした。

一良が、後ろから支えてくれる。

「しっかりしろ、勇作」

「ああ。ありがとう、一良。おまえがいてくれて、よかった」

「だいじょうぶだ。おれが、どんなときも支え続けてやる」

「一良、真実の友よ」

「勇作、その言葉をそのまま、おまえに返すぞ」

「マカデミアナッツはどうです」

おばちゃんが、海とヤシの木とフラダンサー（女性）の描かれた箱を差し出す。

「羽合温泉でハワイ名物マカデミアナッツを買う。すごく、粋《いき》でしょ。ほほほ、みなさん、喜ばれますよ」

粋だとは、どうしても思えない。みんなが喜ぶとも思えない。しかし、おばちゃんの推薦だ。買わないわけにはいかないぞ。

三箱、買った。

羽合温泉でハワイの土産を買っちゃった。

おばちゃんは、旅館の玄関でおれたちを見送ってくれた。

「ありがとうございました。また、おいでくださいね」

満面の笑みを浮かべたおばちゃんは、ポケットからハンカチ（何と、カエル模様だ）を取り出すと、おれたちを乗せたタクシーが角を曲がるまで振り続けてくれたのだ。

ダ・スヴィダーニャ、おばちゃん。

ダ・スヴィダーニャ、羽合。

おれは、どんな過去を背負っても負けないぜ。

しなやかに、あくまで、しなやかに、甲子園で戦うんだ。

ダ・スヴィダーニャ、恥ずかしい思い出。

さいとう高校野球部について、おれの語りはさらにヒートアップする。

その四、春だ、春休みだ、甲子園だ！　の前に、ティータイム。

「粋だなぁ、この土産」

ポポちゃんが、しみじみと言った。そして、嬉しげにマカデミアナッツを口に運ぶ。目を細める。

「あぁ、美味い」

やけに真実味のこもった嘆息を漏らした。

「チョコレートの甘さとナッツの食感が、実に魅惑的な調和をかもしだしている。口に含んだときは甘いけれど、しゃぶっているうちに仄《ほの》かなビター味が舌先に感じられて、奥深い。そこに、異種感覚とも言うべきナッツの乾いた味が加わることで、この奥深さをさらに深めている。いや、見事なものだ」

　ポポちゃんは、完全に怪しげな料理評論家風の口調になっている。ただ、ふざけているのではなく百パーセント本気っぽい。

「こんなに、粋で美味いマカデミアナッツが存在したとは。羽合温泉恐るべし、だな。勇作、もう一個、食ってもいいか」

　おれは、黙ってうなずいた。

　ポポちゃんは「ありがとう」と、素直な幼稚園児並みの返事をして、羽合温泉土産マカデミアナッツを摘《つま》み上げた。

　おれと一良は顔を見合わせる。

「ポポちゃん、もしかして、また、おふくろさんとバトル中か」

　ポポちゃんとおふくろさんは、しょっちゅう揉《も》めている。揉める度《たび》に、ポポちゃんは小遣いを減額され、朝飯も弁当も作ってもらえず、いわゆる〝兵糧《ひょうろう》攻め〟にあうのだ。気の毒に。

「そうだよ」

　ポポちゃんは、吐き捨てるように言った。

「おふくろが誕生日プレゼントに春物のスカートが欲しいなんてぬかすもんだか

ら、親父がおれに万札二枚渡して、これでおふくろ好みのスカートを選んできてくれって言うわけよ」

「ふむ」

「おれは、引き受けたよ。釣りはやるなんて言うもんだからさ。二万円だよ。上手いことすりゃあ、ン千円が転がり込むと、まあ、計算したわな。美味しいバイトだと考えたわけ。プレゼントなんて、包装だけきれいだったらよく見えるもんだろ。おれ、デパートで適当にスカート買って、でも、一万三千円もしたんだぜ。いい値段だろ。で、できるだけ豪華絢爛《けんらん》な包装をしてもらった。包装だけなら三万ぐらいには見えたはずだ。造花ながら薔薇《ばら》を二本もつけてもらったんだからな」

「それが、おふくろさんの気に入らなかったわけか」

「気に入らないより、気に障ったんだ」

「そんな、センスの悪いやつを選んだのか。地味過ぎたんじゃねえのか。おふくろだろうが、お祖母ちゃんだろうが、姉貴だろうが、恋人だろうが、隣のおばちゃんだろうが、ほんとうの伯母ちゃんだろうが、着る物をプレゼントするときには実年齢マイナス三歳の感覚で選ぶもんなんだよ。特に、三十代以降の相手には、な」

おれは、ここぞと持論を展開する。

　ポポちゃんは、チョコのついた指先を舐めながら、鼻息を一つ、吐き出した。

「ふん。スカートはけっこう派手だったんだよ。おふくろの好きなハイビスカス模様でさ。前々から欲しがってたでれんとした布のロング丈で。ばっちりだったわけ。おれなりに、事前調査は念入りにやったわけよ。おふくろだって、袋から取り出した瞬間は、『あらぁ、すてき。こんなの欲しかったのよ』なんて、はしゃいでたんだぜ」

　ハイビスカス模様のくだりで、おれは、羽合温泉のおばちゃんを思い出した。ハイビスカス↓ハワイ↓羽合↓おばちゃんという流れだ。そして、おばちゃんに、ばっちり見られたことも。

　かぶりを振り、過去を振り棄《す》てる。あまりに強く振ったので目眩がした。

「ふーん、じゃあどのあたりで、おふくろさんの機嫌を損ねたんだ」

　動揺を隠し、努めて平静な声を出す。

「サイズ」

　ポポちゃんはがくりと肩を落とすと、指を固く握り込んだ。

「スカート、ワンサイズでかかったんだよ。しかも、ウエストにゴムが入ってて、八十五センチまで対応可能だったんだ。おれ的には、ぜったいこれだと思って

「……」

「わかった」

おれは、手でポポちゃんを制した。

「よくわかった。それ以上、言うな」

「そりゃあ……、おまえが悪いわ」

早雲が控え目ながら、核心をついた一言を放つ。

うん、ポポちゃんが悪い。

女性に対して、しかも、太り気味の体型や体重を気にしている（独断ではあるが、日本の成人女性の七割以上が含まれる）女性に対し、スカートのサイズを間違える、しかも、でかいほうに間違えるなんて最悪だ。最悪、最低の失態と言わねばならない。

「一慶、わたしのウエスト、こんなに太くないわよ。どこに目をつけてんの！」

おふくろさんが鬼女に変身して、ポポちゃんの頭を齧《かじ》ったとしても文句はいえない。

「それで、今、朝飯、弁当無しの日々なんだな。可哀そうに」

一良がしんみりと、雨に濡《ぬ》れそぼった捨て猫に語りかける如く語りかけた。ポポちゃんが涙ぐむ。

「そうなんだ。おれ、腹ペコなんだよ。甲子園が目の前に迫ってんのに、みんな、はりきって練習してんのに……、おれだけが……おれだけが、いつ食い物にありつけるかなんて、あさましいことを考えて……、ううう、情けない」

おれたちは、思わず貰い泣きしそうになった。

ご住職などは、自分の分のマカデミアナッツをそっと、ポポちゃんの前に置いたりしている。さすがに、御仏《みほとけ》の教えに背かぬ、慈愛の人だ。思わず合掌しそうになった。

えっと、ちゃんと説明しなくちゃね。状況、わかり辛いよね。

ここは、さいとう高校野球部部室です。練習が終わった後の、ほっとほっとティータイムの最中です。

そうです。そうなんです。

さいとう高校野球部にはティータイムがあるんです。毎日じゃないよ。不定期だけど、それでも一週間に一度か二度は、必ずあるんです。びっくりでしょ。当たり前に驚くでしょ。

おれも最初は驚いた。

ティータイム？　なんでそんな小洒落《こじゃれ》た、かつ、乙女チックなイベントが野球部にあるんだ？

「ティータイムを乙女チックと断言してしまうのは、やや問題があるな」

一良は言った。

去年の春、おれが入部して間もなくのころだ。

「そうだ。むしろ、昔乙女というか、今まさに現役のオバサンたちの方がティータイムの主役になっているはずだぞ」

ポポちゃんが一良に同意する。

ポポちゃんについては説明、いや、紹介すませてたっけ？　そうそう、表向き阪神ファン、しかしその実は、隠れ熱烈ヤクルトファンの田中一慶くん。

「ちょっと待て。それも、断定し過ぎだ。ティータイム＝単なるおしゃべり会という図式にしてしまうから、そういう安易な発想になるんじゃねえのか」

早雲が突っ込んできた。

早雲についての紹介もすんでるよね。親父さんが、戦国武将オタク（オタクと断言しても差し支えないレベルだ）で、本物の鎧兜《よろいかぶと》を購入しようと企てたものの、あっさり露見して、奥さんの朝子《あさこ》さん（早雲の母親）から、大目玉を食らったという話は……まだだったっけ？　してない？　いや、これがなかなかおもしろい話で、古道具屋で偶然見つけた鎧兜というのが、親父さん曰く、たいへんな代物で、胸のところに明らかに弾痕《だんこん》と思われる疵《きず》があって、それは、かの長篠《ながしの》の戦いで武田軍の……。

いや、いやいやいや、横道エピソード、全面廃止。鎧兜は野球とは関係ない。すごく、不思議なおもしろい（戦国武将オタクでなくても、十分におもしろい）話なんだけど、関係ない。

心を鬼にして省略します。

「そもそもな、勇作」

早雲が軽く一つ、空咳をしてみせた。それから、いつもよりやや早口で続ける。

「さいとう高校野球部には、もともとティータイムなるものは存在していなかったんだ」

そりゃあまあ、そうだろうな。ティータイムの存在する高校野球部なんてもの自体が、存在率めちゃくちゃ低いだろう。紅茶の葉っぱが好きなコアラか鮭茶漬けを好物とするカンガルー（オーストラリア繫がりです）ぐらい希少な存在だと思う。

「しかし、ある日、おれたちがさいとう高校に入学するざっと一年半も前のこと、木下さんが手作りケーキを持参して、おずおずと頭を下げたらしい。『みんな……申し訳ないけど……これ、食べてみてくれない。意見とか……感想とか……本音のところを聞かせて……欲しいんだけど。ごほっごほっ、ごほごほ』って感じで」

早雲は、ちょっと感心するぐらい鮮やかに木下さんの真似をしてみせた。早雲、おまえ、モノマネの才能があったのか。まさか、鈴ちゃんに弟子入りしたわけじゃないよな。正直、おれも上手になりたいんだけど、モノマネ。コツとかあるなら教えてくれ。

木下さんについては、前述の通りに、①さいとう高校野球部前副キャプテン、②ちょっと見虚弱でもスラッガー、③お菓子作りの名人の三ポイントを押さえておいてもらいたい。

「で最初は『えー、木下、おまえケーキなんか作ったのかよ』とか『すげえ、本格的じゃん。けど、味はどうだ？　腹を壊したりしねえか』等々、興味半分からかい半分で騒いでたらしい。ところが、木下さんのケーキを一口、食べたとたん」

そこで口を閉じ、早雲はおれの顔を上目遣いに見てきた。

「どうなったと……思う～」

「あまりの美味さに、みんな驚いて、あっという間に完食しちまって、明日もぜひ、食わせてくれって木下さんに縋りついたんだろ」

早雲が顎を引き、唇を尖らせる。

絵に描いたような、不満顔だ。

「……何で、簡単にわかっちゃうんだよ」

「いや、それしかあり得ねえでしょ」

「つまんねえな。せっかく、こっちが力入れてがんばってんのに。『ぎゃぁ〜怖い。心臓が止まっちゃう。止めてぇ』ぐらいの反応はしてほしかったね」

早雲、おまえホラー話を語っていたのか。ちがうだろ。さいとう高校野球部ティータイムについて、だろ。

おれの無言の抗議に気が付いたか、早雲は僅かに頬を染めさらに早口になった。

こいつは、構えたり動揺すると早口になる癖がある。

「えっと、で、次の日、木下さんは別の菓子……プリンとかゼリーとかを作ってきたわけよ。これが、また大好評で、翌日のスイートポテトも大好評で、日曜日挟んで週明けの月曜日、一転、中華勝負に臨んできた杏仁《あんにん》豆腐&マンゴープリンも大受け、しだいに、部員たちからリクエストが届くようになり、そのうち、材料費ぐらいはきちんと払おうという意見が出て、まぁこれは律儀というより、恒常的に木下さんの菓子を食いたい、そのためにはどうするかという知恵からの意見だと思うんだけど、な。そういうことで、練習後のティータイムは我がさいとう高校野球部に定着したわけよ。まぁ、美味い菓子を食いながらしゃべるのは、今乙女や昔乙女の特権じゃなくて、現役男子高校生、略して現男高にも必要ってわけだ」

「必要ってミーティングの他に、さらにみんなでしゃべるのかよ」

おれの突っ込みに、早雲はにやりと笑った。

ツーアウト、一塁、二塁。一打逆転のチャンスに打席に立ち、どんぴしゃ狙い球が飛び込んできた。

そういう、笑いだ。別の表現をすれば、目の前の草原で鼾《いびき》をかいて眠っている肥えた兎を見つけた狐（しかも丸一日、何も食っていない）の笑みだった。

笑いながら、チッチチッと舌を鳴らす。意外に器用なやつだ。

「ミーティングとティータイムはまるで違うぜ、勇作。ミーティングはあくまで話し合い。意見を述べる場だ」

「うん。だな」

「ティータイムはもっとざっくばらん、好き勝手にしゃべるだけなんだよ。テーマとかねえし、菓子だけ食って帰ってもいいし、寝っ転がっててもいい。課題プリントをやってても、マンガを読んでても、絵を描いててもいいんだ」

「自由なんだな」

「自由なんだ。実にフリーダムなタイムなんだ。ディスイズフリーダム。ワンダフルタイム。イエイ。ユー、アンダースタンド？」

早雲、やめとけ。おまえの英会話力、小学生、しかも低学年並みなんだからな。英語の成績も赤点すれすれなんだろう。

おれの無言の忠告に気が付いたか、早雲は、わざと大声で締めくくった。

「まっ、以上が、さいとう高校野球部ティータイムの成り立ちだな。勉強になったろう、勇作」

以上が、さいとう高校野球部ティータイムの成り立ちについてです。何の勉強にもならなかったけど、まぁおもしろかった。ただ、この流れから読み解くに、ティータイムというより〝みんなで木下さんの手作り菓子を楽しむ会〟と命名した方が、より事実に近いとは思う。

おれも入部してから、欠かさず参加している。だらーっとした時間好きだし、しゃべるのも嫌いじゃないし。それより、なにより、木下さんの手作りケーキ、むちゃくちゃ美味いし。要するに、楽しい。野球を存分に楽しんだ後、さらに楽しいことが待ってるなんて、最高でしょ。

しかし、危機はいつも突然にやってくる。いや……全然、突然じゃなかったけど。つまり、当の木下さんが卒業しちゃったんだ。おれたちは、あの、プロもびっくり、玄人跣《くろうとはだし》のケーキとも卒業しなきゃならなくなった。先輩たちとの別れもつらかったけれど、木下さんのケーキとも別れ難く、マジで涙が出た。

そして、さいとう高校野球部ティータイムもここまでか。ここでその華麗な歴史に終止符が打たれるのかと誰もが観念したそのとき、鈴ちゃんが登場した。

監督なのに普段はあまり目立たない（部長の小林《こばやし》先生の方が、余程目立ってぃる）鈴ちゃんだが、そこはさすがに監督、何てったって監督、腐っても監督、やっぱり監督だ。ここぞというときに、ぴしりと決めの一手を打ってくる。

卒業式三日後、冬が、ちょっとだけぶり返したような肌寒い日だった。季節の変わり目にはよくあるよね、前の季節がちょっとだけ頑張って、存在感示すこと。「このままじゃ、終われへんで」って足掻《あが》いてるんだろうけど、おれ、そういうのけっこう好きだ。じたばたしてしがみ付くのを無様だって嗤うやつもいるけど、そうは思わないんだよな。潔い方がわかり易く格好いいともわかっている。けど、おれは最後までしがみ付いてじたばたする方を選ぶ。

ピッチャーって、どんな状況でも諦めちゃいけないポジションだと思う。一イニング失点10なんて状態になっても、諦めちゃだめなんだ。ピッチャーが諦めた時点で、試合は終わってしまう。野球は、ほんと、何が起こるか予測不能なスポーツなんだ（もしかして、スポーツってみんなそうかもしれない。先のわかってる試合やレースなんて、まったく魅力ないもんな）。

潔く諦めてちゃ現実はひっくり返せない。

じたばた足掻いてこそ、10対0の現実をひっくり返す可能性を手にできる。

おれは、そう信じている。

うん？　何の話だったっけ？

スポーツと精神論？　違う。

季節の移ろいにおける日本人の意識構造への考察？　違う。

さいとう高校野球部ティータイムの危機的状況について？　あ、それだ、それ。

木下さんの卒業によって、さいとう高校野球部ティータイムは危機的、もっというなら壊滅的状態に陥ろうとしていた。

「殿、落城にございます」

「うむ。もはや、ここまでか」

「むっ無念にございまする」

て、感じだったんだ。そこに、

「みんな、お土産だよー」

と、鈴ちゃんが現れた。手には、白い紙袋を提げている。

「お土産、お土産。大阪のお土産、生八橋だよ」

「監督、生八橋は京都でしょう」

「あれ？　そうだよね。やっぱり、そうだよね。でも大阪駅で売ってたんだよ、生八橋。タイガース饅頭や猛虎クッキーよりいいかなって思ったんだけど。やっぱり特定球団のだと、こだわりある人がいるかもって……」

鈴ちゃんがもごもごと口ごもる。

ポポちゃんが軽く頭を下げた。鈴ちゃんの土産選択が親父さんの手前、表阪神裏ヤクルトとファンの顔を使い分けざるを得ないポポちゃんの立場を慮《おもんぱか》ってのことわかったからだ。

鈴ちゃんって気配りの人なんだよね。土産にまで気配りしなくていいような気もするけど。おれは、別に阪神ファンじゃない。でもタイガース饅頭とか猛虎クッキーとかは食ってみたい。頭と胃袋は、まったく別物だもんね。

「監督、昨日は大阪だったんですか」

コンガリ杉山キャプテンが尋《たず》ねる。昨日、鈴ちゃんは練習に出て来なかった。部室のホワイトボードに、硬筆習字のお手本みたいなきっちりした文字で、

三月三日。出張のため練習休みます。キャプテンの指示に従ってください。ランニング創作コンクールは、今週はありません。

鈴木

と、書かれていた。

普段も鈴ちゃんはあまり、おれたちの練習に口を挟まない。指示を出すこともない。いつも、にこにこしながらグラウンドを回って、うなずいたり、小首を傾げたり、肩を回したり、草取りをしたり、でこぼこを直したり、落ちていた生徒手帳を拾って事務室に届けたりしている。およそ、監督らしからぬ監督なのだ。しかし、コンガリ杉山キャプテン（以下、コン杉キャプ）に言わせると、

「鈴ちゃんって、すげえよ。マジ、すげえ。まさに、キング・オブ・カントクだ」

なのだ。

「どこらへんが、キングなんですか」

おれは、身を乗り出して尋ねる。反対にコン杉キャプ（長過ぎるし、だんだん意味不明になりそうなので、以下、単に杉山さんとする）は、身体を引き、二度瞬きをした。

あっ、突然にごめんなさい。

これは、昨日のこと。つまり、山田一家と一良が羽合温泉から帰って来た翌日の会話になります。時系列が、あっちこっちしてすみません。

昨日、どういう具合か、弾みか、帰り道がおれと一良と杉山さんと伊藤さんのカルテット状態になったのだ。さいとう高校野球部には、みんなから一目置かれる人材はいても、先輩というだけで肩を聳《そび》やかす人はいない。

もう少し運動部らしい上下関係があってもいいのでは。いや、まず関係ありきでは、だめだろう。なんて、わりに真面目な、次回ミーティングのテーマともなりそうな話をしながら、おれたちは歩いていた。

私的な時間内でも、真面目話をするんです。どーでもいい馬鹿話もいっぱいするけどね。ミーティング効果だと思うが、おれたち、自分の意見や想いを言葉にすることに、抵抗を感じない。むしろ、ちゃんとしゃべらなくちゃ、本気でしゃべらなくちゃ、伝えたいことは伝わらない。意見も想いも言葉になって初めて、相手に伝わる。むろん、誤解も曲解もされるし、適切な言葉が浮かばなくて苛立《いらだ》ったりもするんだけど、でも、黙り込むよりいい。

しゃべる価値のあることは、しゃべらなくちゃならないんだ。自分一人で考え続けたことを誰かに伝える。聞きたいことを尋ねる。尋ねられたことに、答える。

野球とは直接関係ないけれど、そういう諸々を知ったことで、おれ、少し野球が上手くなった気がするんだよな。ていうか、野球っておもしろいんだって、はっきり語れるようになった気がするんだ。

で、昨日もなんやかんやしゃべっているうちに、先輩後輩から、話題は監督へと移り、一良が「でも、鈴ちゃんって、ほんとおもしろいですよね」とくすくす笑いながら、でも、本気半分以上で言った。それを受けて、杉山さんの鈴ちゃんキング・オブ・カントク発言が出てきたのだ。

おれは、身を乗り出す。

「山田、えらく積極的だな。そんなに興味、あるか？」

「はい」

興味があった。すごく、あった。

おれは鈴ちゃんのおかげ（＆一良やポポちゃんや早雲たちのおかげ）で、もう一度マウンドに戻ることができた。野球が大好き（温泉の次かもしれないが、大好きは大好きだ）なことに気付かせてもらった。さいとう高校野球部に入部できた。

鈴ちゃんが、ちょっと、一風、かなり変わった監督であることは間違いない。おれの中の〝こうあるべき高校野球部監督像〟は、鈴ちゃんによって百八十度転換した。

変わった監督ではあるが、名監督だと思う。変わっているから名監督なのかもしれない。少なくとも、おれにとっては、〝こうあるべき高校野球部監督像〟をひっくり返してくれたすごい監督なんだ。

ここがこんなにすごいと具体的に説明できないのが、ずっと歯痒《はがゆ》かった。杉山さんから、それが聞けるなら願ってもない機会だ。

知らぬ間に、身体が前のめりになる。

杉山さんが口を閉じ、真顔になった。

まったくの余計事だが、杉山さんの歯は白い。皓歯《こうし》というやつだ。

「杉山さんが爽やかっぽいのは、あの白い歯のせいかな」

おれが言うと、一良はにべもなく、しかも、速攻で、

「違うだろう」

と否定した（これは、確か昨年のこと。新キャプテンが決まって間もなくのころだ。ますます、時間軸がややこしくあちこちして、すみません。落ち着きのない性質なもので）。

「杉山さんが爽やかっぽいのは、人柄が爽やかだからだろ。それに、杉山さんの歯、特別に白いわけじゃないし」

「そんなことあるかよ。真っ白じゃねえか」

「顔の色が黒いから、白く見えるんだよ」

「へぇ、そうかぁ。まさにコンガリマジックだな」

おれは、いたく感心したのだった。

まったくの余計事です。すみません。

杉山さんは歯の白さを恥じるように、口をあまり開けず、もぞもぞとしゃべった。

「鈴ちゃんのすごさについては、キャプテン、副キャプテン引き継ぎ会で、井上さんから聞いていた」

「引き継ぎ会？　そんなの、あったんですか」

「うん。新チームになってからちょうど一週間後の夜、秋の初めの雨がしとしとと降る夜……だったな。おれたち……おれと司と井上さん、木下さんの四人は、さる場所に集まったんだ」

「さる場所とは?」

杉山さんのコンガリ顔が歪んだ。その顔を横に振る。

「……それだけは、勘弁してくれ。この話も、聞かなかったことにして、忘れて欲しい。その方が、おまえたちのためでも……ある」

すっ、杉山さん、何でそんなに声が低くなってるんですか。眼つきもやけに不気味だし。宮田《みやた》さん(前チームの一番バッター。すらっとしたモデル体型。しかし、究極の怖がり。ホラー映画のポスターを見ただけで血の気が引く)だったら、貧血おこして倒れてますよ。

「ほんとうに暗い夜、だった。不思議なことに、空には月も星も見えなかったんだ。一つとして、な。あぁ、今思い出しても、身の毛がよだつようなくら―い、くら―い、底無しに暗い夜だった」

杉山さん、雨、降ってたんでしょ。しとしとと。月も星も出てなくて当たり前じゃないですか。

「井上さんの部屋、けっこう広かったよな。それに、きちんと整頓《せいとん》されてて、おれ、驚いちゃったね。井上さんの豪快なイメージと全然、合わなくて」

伊藤さんがあっさり、暴露した。

「まあ、そういうことで、井上さんの部屋で、引き継ぎ会をやったわけだ」

いつも通りの口調に戻り、杉山さんは語り始めた。

「まぁそこで、いろいろ話し合ったわけよ。で、いろいろはしょるけど、井上さんたちから聞いた鈴ちゃんのすごさを、おれはキャプテンとして実感した。まずな」

杉山さんは、いろいろはしょって話の核にずんと踏み込んできた。きっと、ホラーテイストの語りを続けていたので少し疲れたんだと思う。言葉だけで他人を怖がらせるのって難しいものな。宮田さんみたいな人は別だけど。

因みに、おれが今までの人生の中で一番怖かった一言は、梅乃の「お兄ちゃん、日本中の温泉が涸《か》れたらどうしよう」だった。

小学生のときだった。北陸の小さな温泉が急に涸れて、騒ぎになっているというニュースを耳にして、梅乃は半ベソになりながら、おれを見上げたのだ。

日本中の温泉が涸れる？

ありえない。ありえないけれど、ありえないことってのは、稀《まれ》に起こる。起こった後で「ありえない」と叫んでも、ありえないことが起こった事実は揺るがない。

小学生のおれがなにをどこまで考えられたか定かではないが、この世から温泉が消えてしまうという恐怖に棒立ちになったことは、覚えている。

あれは、怖かった。

ほんと、今、思い出しても鳥肌が立つ。

温泉枯渇を抜きにして、一番の恐怖はやはり梅乃がらみだった。ある夏の夕暮れどき、外から帰って来たおれをまじまじと見詰め、まだ幼かった梅乃は、大人のように眉間に皺を寄せたのだ。そしておれに向かって、こう言った……。

いや、だめだ。話が前に進まなくなる。横道エピソード、消去。

「練習のとき、鈴ちゃんってどんな風に見える?」

杉山さんが訊いてきた。唐突だった。まさか、ここで質問されるとは。

「え? どんな風にって……」

おれと一良は互いに相手をちら見し、おれが先に答えた。とても、正直に答えた。

「暢気《のんき》そうに、見えます」

「楽しそうに、見えます」

おれより一秒遅れで、一良が答えた。

グラウンドでの鈴ちゃんは前述したとおり、にこにこしながら草取りや地均《じなら》しをしている印象が強い。

「だろ。おれも、そうだったんだ。鈴ちゃんて、ほんと暢気で監督っぽくないよなあ、でも楽しげでいいなあなんて思ってたんだよ。ところが」

「ところが」

「ところが、そうじゃなかったんだ。いや、確かに、鈴ちゃんは暢気で楽しそうに見える。実際、暢気で楽しいんだと思う。ところが」

杉山さん、ところが多過ぎます。せっかく、おれが横道エピソードを消去したのに話が前に進みません。

「鈴ちゃん、部員一人一人をすげえ詳しく観察してたんだぞ。練習時の動きとか、素振りの速さやボールの威力はもちろん、態度とか表情まできちんと見てたんだ」

伊藤さんがあっさり、暴露した。伊藤さんは、本当にあっさりしている。おれ個人的には、伊藤さんの渾名は〝アッサリくん〟か〝アッサリーナ〟としたい。

杉山さんが、やや急《せ》いた口調で続ける。

「そうそう、そうなんだ。ほんと、一人一人の様子をすげえよく見ていて、それを毎日、データにちゃんとまとめるんだ。それで、そのデータをもとに練習計画を練るわけ。しかも」

「しかも」

「しかも、それだけじゃねえんだ」

伊藤さんを視線で牽制《けんせい》しておいて、杉山さんはさらに早口に、さらに力を込めて続けた。

「鈴ちゃんの練習案をもとに三者会談が行われるんだぜ」

「三者会談？」

「監督とキャプテンと副キャプテン。つまり、おれたちだ。これがなかなかに緊張する。何か試されてる感じで。えっと、つまり、おれ自身がどのくらいチームのみんなのことをわかっているかとか、野球を理解しているかとか、練習方法を熟知しているかとか、そういうのを試されてるって気になるんだよな。おれ、キャプテンになってから、みんなのことできるだけ冷静に見ようって心がけてるし、練習方法関連の本とか、けっこう読み漁ったんだ。おれなりに、けっこう頑張ってたかなあ。あんまり頑張るキャラじゃねえのにな。けど、頑張ってみたら、練習方法を決めていくのって意外におもしろくて。しかも」

「しかも」

「鈴ちゃん、真剣に聞いてくれるんだよな。おれたちの意見をさ。けっこう対等って感じがしてなあ。しかも」

「しかも」

「やっぱ深いんだ。鈴ちゃんの見方。データ半端じゃねえし、話してて何かこうどきどきする」

杉山さんは初恋について語った後のように気恥ずかしげに、眼を伏せた。おそらく頬の辺りが上気しているのだろうが、いかんせん、コンガリ肌では確認のしようがなかった。

あぁ、そうかとおれは思い至った。

鈴ちゃんは見ているんだ。

おれたち一人一人をちゃんと、見ていてくれる。

行ってきなさい、山田くん。

甲子園で勝ちたいなら、羽合に行くべきだと思うよ。

鈴ちゃんのセリフが脳裡《のうり》に浮かんでくる。

おれの気負いも緊張も、恐れも、疲れも、鈴ちゃんはちゃんと見ていたのだ。だから、羽合温泉行きを勧めてくれた。

思い至ったことがもう一つ、ある。

井上さんが、どうしてあんなにキャプテンっぽかったのか。杉山さんが日に日にキャプテンらしくなっていくのか、その答えがやっとわかった。むろん、井上さんと杉山さんは、まったくタイプが違うキャプテンだ。井上さんが酸ヶ湯の千人風呂だとしたら、杉山さんは、北海道セセキ温泉の波打ち際露天風呂というところだろうか。

セセキ温泉って知ってる?

知らない? まぁ、知らない人は知らないよな。秘湯だもんな。温泉といっても旅館やホテルがあるわけじゃない。瀬石海岸の海辺に湧いている露天風呂で、何と満潮時には海面の下になり、干潮時には熱過ぎて海水で薄めなくちゃとうてい入れない。ほとんど、海水浴状態の、でも、野趣満点の北海道ならではの爽快な温泉なんだ。夏限定でしか入れないってところも、そそられるよな。

このセセキ温泉からさらに一キロほど先に、相泊《あいどまり》温泉ってのがあって、そこも……いや、今、温泉は関係ない。関係あるのは、野球だ。キャプテンだ。あの、でも、最後に一言。セセキ温泉も相泊温泉も、当然ですが食塩泉です。

井上さんと杉山さんは、酸ヶ湯とセセキのごとくまったくタイプが違うのに、二人ともいい感じのキャプテンだ。その〝いい感じ〟のところを引きだしたのは、どうやら鈴ちゃんらしい。ピッチャーがピッチャーであるように、キャプテンもキャプテンなんだ。つまり、資質みたいなものを具《そな》えている者でないと、務まらない。鈴ちゃんには、井上さんの内にあるものが、杉山さんの内にあるものがちゃんと見えてるんだろうな。もちろん、おれや一良の内に何があるのかも。うーん、なるほど、確かにキング・オブ・カントクかもしれない。キングですって雰囲気のないキングだ。温泉にたとえるなら……、え？　たとえなくていい？　だよな。キング・オブ・オンセンを選ぶなんて、至難の業だもんな。え？　そういう意味じゃない？　話が進まない？　はい、わかりました。

では、話は昨日から遡《さかのぼ》り、三月四日までもどります。杉山さんが鈴ちゃんに「監督、昨日は大阪だったんですか」と尋ねたところからです。

「監督、昨日は大阪だったんですか」

「そうだよ。練習休んでごめんね。昨日は、全国高校美術コンクールが大阪であったんだ。それに付き添ってきました。これでも一応、美術部の顧問なんで」

鈴ちゃんは、美術部顧問と野球部監督を二股かけている……もとい、美術部顧問と野球部監督を兼任している。全国的にも、なかなか珍しいパターンじゃないかと思う。

「お土産、生八橋だけじゃないよ。ロールケーキも買ってきたよ。木下くんのケーキには遠く及ばないけど。なかなか美味しいよ。プレーンとチョコと抹茶と梅干し味があるからね。好きなの食べていいよ。はいはい、ティータイムを始めようね」

練習直後の野球部員って、飢えた狼より始末が悪い。腹が減って、腹が減って、仲間の足にでも食らいつきそうになっている。

うおうっという吼《ほ》え声とともに、生八橋もロールケーキも瞬く間に胃袋の中へと消えていく（梅干しロールを除いて）。

「あのね、木下くんができるだけ度々、差し入れするって言ってくれたよ。京都、そんなに遠くないからね。長期休みのときは必ず、差し入れに帰ってくるって。持つべきものは、いい先輩だね。あ、木下くんね、大学で野球の同好会に入るんだって。軟式らしいよ。そういうのも、いいよね。楽しいよ、きっと」

うおうっと、さっきよりややくぐもった吼え声があがる。くぐもっていたのは、みんなが生八橋やらロールケーキ（梅干しロールを除いて）やらを頬張っていたからだ。吼え声は、前半部分「木下くんができるだけ度々、差し入れする云々」への反応だ。

「じゃあ、ティータイムは存続ですね。よかった、よかった」

伊藤さんが、あっさり断定する。

「そうだねえ。楽しいことは多い方がいいからね。やれるときに、適当にやりましょう。次の出張のときも、美味しいもの、何か買ってくるよ」

「『くりくりくりりんりーむ』でよければ、いつでも、持ってきますよ。売るほど、あるんで」

おれはそう言って、梅干しロールに齧りついた。美味い。梅干しの酸っぱさとクリームの甘さが絶妙のハーモニーを奏でている。こんなに美味しいのに、どうしてみんな手を伸ばさないんだ。まぁ、いいや。おれ一人占めしちゃおうっと。

「山田ぁっ！」

「山田くん！」

杉山さんと鈴ちゃんの声が、一分のずれもなく重なった。梅干しロールが喉に詰まる。

「いっ、今の一言、本気か」

「うげっ、げほっげほほ、本気でげほほほほむ」

「山田くん、梅干しロール、食べてくれたんだね」

「げほほっ、はい、はい。美味しいげほほほ」

「やったあ。おれ『くりくりくりりんりーむ』好きなんだよな。マロンクリーム、最高。はい、みんな、『山田マロン食品』の御曹司《おんぞうし》に拍手、拍手」

拍手が起こる。

おれは、片手で拍手に応えながら、ペットボトルから烏龍茶《ウーロン》をラッパ飲みする（さいとう高校野球部ティータイムには飲み物は各自で持参。ゴミは持ち帰りという暗黙のルールが存在する）。

あぁ、すっきりした。

「山田くん、梅干しロールが美味いなんて、通だ。玄人だ。やっぱり、我がチームのエースだけのことはあるよねえ。実は、佃煮《つくだに》ロールとしんこ巻ロールも買ってきてるんだ。食べない？」

「いただきましょう」

おれは、胸を張る。

さいとう高校野球部エースの名にかけて、佃煮ロール、しんこ巻ロール、残らずたいらげようじゃありませんか。

「ふふふ、さすがだね。いい度胸だ。しかし、佃煮は抹茶クリーム、しんこ巻はバナナクリームだよ。かなりの曲者《くせもの》だ。あまり、甘く考えない方がいいと思うが」

「ロールケーキですからね、甘いのは当たり前でしょう」

おれの切り返しに、さらに拍手が続く。

「う……やられた。一言もない」

鈴ちゃんが、敗北を認め、頭を垂れる。

「あのさ、〝くりくりくりりんりーむ〟ほどじゃないけどうちの店の和菓子でよければ」

伊藤さん（家は甘味処《どころ》＆プチレストラン）が言いおわらないうちに、歓声が沸き上がった。

「いいぞ、伊藤」

「いいぞ、山田」

鈴ちゃんはにこにこ笑っている。

とまあ、こんなわけで、ティータイムは今に至るまで、続いている。今日は、おれと一良の羽合温泉土産、マカデミアナッツと山盛り苺《いちご》という、けっこう豪華なメニューだ。ポポちゃんにとっては、救いの場、救済のときと言えるだろう。

あれ？　でも、この苺、誰が持ってきたんだっけ？　えっと、確か家が青果店で、親父さんが甲子園出場のお祝いにと、どっさり果物を届けてくれて……。

「前田さんだよ」

一良が、ささやく。

あぁそうそう、前田さん。前田さん家《ち》の差し入れだ。

「新鮮な苺とマカデミアナッツ。おれは、今、しみじみと幸せを噛み締めている。これで、握り飯でもあれば最高だ」

「一応、ティータイムだからな。握り飯や丼物は出てこねえだろう。帰りにおれん家に寄れよ。飯ぐらい食わせてやる」

「ほんまか、ほんまに、ほんまでっか。おおきにあんさん、ご恩は一生忘れまへんで」

「何で関西弁になるんだよ」

ポポちゃんと早雲がこしょこしょとしゃべっている。

おれは、ペットボトルの水（今日はミネラルウォーターだ）を、飲み干した。それを待っていたかのように、鈴ちゃんが立ち上がる。

「みんな、もうすぐ、甲子園だね」

眼鏡を押し上げ、一息に言う。

部室の中がしんと静まった。

そこにいた全員の視線が、鈴ちゃんに向けられる。

「うちのチームは強いよ」

みんなの視線を受け止め、鈴ちゃんは笑った。

「おそらく、みんなが自覚しているより、ずっと強い。だから」

もう一度、眼鏡を押し上げる。

「ぼくとしては、すごい楽しみなんだ。今でも楽しいけど、きっと、今よりもっと楽しい野球ができるよ。なんてったって、甲子園だからね。なんてったって、既に有馬温泉はゲットしてるんだから」

「おお」

「そうだ、おれたち有馬を手に入れてんだ」

どよめきが部室を揺るがせる。

「うん。みんなら存分に、甲子園を楽しめるよ」

鈴ちゃんがさらに笑う。

杉山さんほどじゃないけれど、歯が白い。

楽しい。

その一言がすうっと胸に染み込んできた。そうしたら、全身がふうっと柔らかくほぐれていく感覚がした。

すうっとふうっと。

柔らかく、しなやかに。

これも温泉効果か、鈴ちゃんマジックか。

どっちでもいい。

もうすぐ、甲子園だ。

おれは、苺とマカデミアナッツを口の中に放り込んだ。

とことん楽しんでやるぞ、甲子園。

待ってろよ。

ということで、さいとう高校野球部の部室からティータイムの実況中継でした。

じゃあ、またね、ダ・スヴィダーニャ。

いやいや、これからさらに熱く語るぞ、さいとう高校野球部。

その五、正直に告白します。寒いです。
甲子園、寒いです。

三月某日。天気、曇り時々晴れ。朝方、ちょっぴり雨。

おれたちさいとう市立さいとう高校野球部ナインは、ついに、ついに甲子園に乗り込んだ。

さいとう市から甲子園のある西宮市《にしのみや》までは、二百キロちょい。高速道路を使えば、車で（高速道路を使うんだから車に決まってるよな）三時間かからない距離だ。

十分、日帰りできちゃうよね。

だから、甲子園での観戦の経験（もちろん、野球の。なんといっても野球部員なんで。あ、でも、伊藤さんは一度、アメフトを見に行ったそうだ）は、みんな、そこそこにある。かくいう、おれもある。小学生の時に二度（高校野球とプロ野球各一回）、中学生のときに一度（プロ野球）。中学のときの一回は、ポポちゃんといっしょに見に行った、阪神対ヤクルトの試合だ。

そのころポポちゃんは、最低でも一年に五、六回は甲子園に足を運んでいた。自分の意志ではなく、親父さんに半ば強引に連れて行かれたという感じだけどね。テスト前だとか、熱があるとか、発疹《ほっしん》が出たとか、動悸息切れが激しいとか、甲子園方向に不穏な空気を感じるだとか、今、野球より卓球の方が向いているんじゃないかと悩んでいるんだとか、あれこれ、諸々、ｅｔｃ．《エトセトラ》、いいかげんな理由をつけてできるだけ回避はしてきたが、それも限界があり、親父さんの強引さに負けて（基本、ポポちゃんは優しい。おれの何倍も家族思いだ。おれなら、親父の思惑も嗜好《しこう》も心内もファン球団も無視して「ごめん。おれ実は思いっきり真性のヤクルトファンなんで」と宣言しちゃうけどな。あ、おれはヤクルトファンじゃないよ。ヤクルトは飲むけど）、阪神対●●の試合を見るため（親父さんとしては全力応援するため）に、甲子園に出向いていった。●●部分にヤクルト（この場合●一個につき、二文字）が入るときのポポちゃんの煩悶《はんもん》は、並大抵のものではなかった。縦縞《たてじま》の法被《はっぴ》を身に纏いながら、心底ではヤクルトに声援を送るのだ。たとえば、こんな具合に。

三回表。ヤクルトの攻撃。二点先取。

ポポちゃんの心の声。うわーっ、やったぞ。行け行け。

ポポちゃんの周囲の様子。怒声、罵声《ばせい》、悲鳴の嵐。「二点がなんや。そんなもの熨《の》しつけてくれてやるわい」「まあ、実力的に二点ぐらいのハンデはやらんとな」などなど。

五回裏。阪神の攻撃。ホームランを含む猛攻で一挙四点奪取。

ポポちゃんの心の声。うわっ、踏ん張れ。がんばれ。食い止めろ。

ポポちゃんの周囲の様子。歓声、拍手、ばんざい三唱。「行け行け。二点差なんかで安心するな」「それいけどんどん。阪神ばんざーい」などなど。ここでヤクルトが配られ、阪神ファン一気飲み（誰が配ったんだろう？）。

七回裏、阪神さらに一点追加するも、八回表にヤクルト、追いつく。かくて、試合は同点のまま九回の攻防へともつれこんでいく。果たして、勝敗の行方はいかに……。チャンチャン。

「いや、勇作、おれ的には全然、チャンチャンじゃねえんだよ。おれ、一生に一度でいいから、甲子園球場で堂々とヤクルトの応援をしてみてえんだよ。ううう」

男泣きするポポちゃんを慰めるべく、おれは的を射た、適切明快な助言を繰り出した。

「甲子園に限定するから、ややこしくなるんだろ。むしろ神宮だろ。もうちょい大人になって、自分で稼ぎだしたら、神宮球場で気の済むまで東京音頭を歌ってくりゃあいいんじゃん。阪神がらみでなけりゃあ、親父さんには気付かれないだろう」

「甲子園でなきゃあだめなんだよ」

ポポちゃんは地団太を踏む。

「嫌だよ、嫌だ。甲子園でなきゃ、駄目なの。ぜ――――ったい、甲子園でなきゃ駄目なんだよ――――」

「何で？」

「何でってな、勇作。よーく考えてみろよ。おれたち、野球やってんだぜ。野球。わかってる？　ベースボール・プレーヤー。野球的競技者なんだぞ。目指すはやっぱ甲子園だろ？　中学球児としては当然だろうが」

ポポちゃんがぐっと胸を張る。今と比べると一回り小さな身体だった。おれもだけど。

中学生のおれはそこで「?」を眼の中に浮かべ、首を傾げた。

何か、変だ。そう感じたのだ。今なら、すかさず、

「ポポちゃん、中学球児として甲子園を目指すのって、イマイチ、間違ってねえか。それに、野球的競技者ってどこ語だよ。めちゃくちゃ怪しい中国語か?」

と、突っ込みをいれられるんだが、いかんせん、中学生。そこまでの瞬発力は身につけていなかった。

とまあ、いろいろあって、ポポちゃんの切ない思いに心を動かされたおれを含む山田家の面々は、ポポちゃんを連れて阪神―ヤクルト戦を見に甲子園に出掛けた。

「勇作、ありがとう。ありがとう。おれ、まさか甲子園でヤクルト側に座れるなんて……思ってもいなくて……夢みたいだ……」

甲子園の三塁アルプススタンド、その一角で、ポポちゃんは感謝と感激と感動の涙を流したのだった。チャンチャン。

いい話でしょ。二時間ドラマになりそうな友情物語……とまではいかないか。それに、正直に告白しちゃえば、おれを含む山田家の面々の目的は、甲子園そのものより、六甲山北麓の鹿之子《かのこ》温泉と大沢《おおぞう》温泉を堪能しようってところにありました。

温泉巡りのついでに、迷える憐《あわ》れなポポちゃんに一時の安息を与えましょうとい

う、まあ、おまけっぽい甲子園観戦だったのです。

おれを含め山田家の面々にとって、優先するのは、金儲けでも（親父としては会社の儲けは気になるだろうけど）地位でも名誉でもない。**温泉だ！**

おれとしては、たまに悩むことがある。

野球より温泉を優先させていいのか、勇作。おまえは、一応、さいとう高校野球部のエースだぞ。鈴ちゃんから、背番号1を貰ったんだぞ（その後、鈴ちゃんヘンテコな歌を歌ったなぁ）。かりにもエースと呼ばれる男が、野球を一番だと言わずして……。と、昔のおれならこぶしを震わせ悩んだと思う（いや、ごめんなさい。さすがにこぶしまでは震わさないかも）。でも、今はたまにしか悩まない。たまに悩んだときも、

「山田くん。力入り過ぎですよ。好きなものは好きなんだから、それでいいじゃないですか」

と、鈴ちゃんに言われたような気がして、そうだよ、そうだよな。女の子に二股かけるのは許されないけど、温泉と野球、どっちも好きだ、どっちも放さないとじたばたするのは許されるよなと、一人納得し、納得すれば心持ちも肩も軽くなり、ピッチングの調子も上向き、気持ちよく汗を流し、汗を流せばさらに温泉が恋しく

なる。

不思議なんだけど、よくよく考えれば、鈴ちゃんに「山田くん、力入り過ぎですよ（以下、略）」と言われたことなんかないのだ。一度もない。それなのに、ちらっと悩むたびに「山田くん、力入り過ぎですよ（以下、略）」という声が聞こえる。思い出すという感覚で聞こえてくる。不思議でしょ。これも、数ある鈴ちゃんマジックの一つかなぁ。

えっと、でも、今、鈴ちゃんマジックについて語ってたわけじゃないよね。ポポちゃんとの友情物語でもないし（因みに、ポポちゃん初、〝ヤクルト側で堂々応援できたぞ〟試合、ヤクルト負けました。しかも、九回の裏で逆転サヨナラヒットを打たれるという劇的な負け方だった。ポポちゃんは、むちゃくちゃ悔しがりながらも、どこか満足げな表情だった）、さいとう市と甲子園との位置関係についてでもなかった……そう、甲子園、甲子園だ。

三月某日、おれたちさいとう高校野球部ナインはついに、甲子園に乗り込んだ。

くっしゅん。

これ、クシャミです。今、おれ、クシャミしました。

甲子園、寒い。

いや、これは驚きだ。

正直、甲子園には暑い、あるいは、熱いというイメージしかなかった。寒いとか冷えるなんて感覚、無縁だと思っていた。

思い込みって怖い。

その日、甲子園は寒かった。

大陸からの寒気が列島のほぼ八割を包み込み、気候が一ヵ月近く逆戻りしたような一日だったのだ。さいとう高校野球部の甲子園初練習の日でもあった。

「雪……降るんじゃね？」

おれの横で一良が空を仰ぐ。

「んな、感じだよな」

おれも視線を上へと向けた。

鉛色と呼ぶにはやや濃過ぎるような濃灰色の雲が、甲子園の空を覆い尽くしていた。山颪ならぬスタンド颪がグラウンドに向けて吹き下りている。一塁側からと三塁側からの風がちょうどマウンドの真上でぶつかりくるくると渦を巻いた……ように、おれには見えた。

クシャミが二度続く。一良が、無言でポケットティッシュを手渡してくれた。こいつのこういうところ、ほんと、キャッチャーっぽい、ていうか、女房っぽいんだよな。

おれ、女性に対するリスペクト、けっこうあるし（相手によるけどね）、控え目なキャラよりからっとして屈託のない積極的に前に出る女の子の方が、どっちかというと好きでもある。もちろん、ぽっちゃり体型が絶対条件。

だから、一歩下がってそっと寄り添って欲しいなんてまったく思っていない。なのに、一良から何気ない心遣いをされると、嬉しくなる。こういう気遣いができるの、いいなあなんて思っちゃうんだよね。ただポケットティッシュを渡されただけでも……。

「……おい、一良」

「うん？」

「何だよ、このティッシュ」

『あなたの今夜のお相手は、誰？　決まってないならこちら、《愛の巣窟《そうくつ》》へ。今すぐ。☎03―××××―××××』

の一文とともに、ものすごく胸のでかい（目測　Gカップ）水着姿の女性が写っている。

「これ、明らかにフーゾク系じゃないかよ」

「そーなんだよ。親父から処分するように頼まれたんだ」

「おじさん、フーゾクに通ってるのか……」

語尾の沈黙に、おれは「まさか、おじさんに限ってそんなことあるわけないよな」と、まさか感を盛り込んだ。

一良の親父さんは、書道家だ。おれは書道なんて全く知らないが、その世界ではなかなかに高名な人だと聞いている。和服を着ていることが多くて、仄かに良質の墨の匂いがしそうだ。文字通り筆一本で家族を支えているわけだから、相当なものだろう。和服を着ていることが多くて、仄かに良質の墨の匂いがして、「あなた、書道じゃなくて柔道やってんでしょう。しかも、無差別級の」と言いたくなるほどの偉軀《いく》の持ち主だ。昔ながらの〝ザ・親父〟といった風情がある。

「いやぁ、親父、今年の夏、東京のデパートで個展開くんだよ」

「へぇ、すげえじゃん」

「うん。まぁ、はりきって、準備や打ち合わせに度々上京するわけ」

「うんうん」

「で、この前、打ち合わせで飲んでいい気分になって、渋谷《しぶや》駅まで歩いていたら」

「そうか、酔っ払って意識のないまま《愛の巣窟》に足を踏み入れちゃったんだ。

よくあるパターンだよな」

「そうなのか？」

「そうなんだ。それまで、真面目で誠実でこの道一筋って感じで生きてきた中年男が、ふとしたはずみで甘い罠《わな》に搦《から》め捕られる。知らぬ間に、徐々にだ。そして、気が付いたときには、それまで築いてきた全てが崩壊しようとしていた」

一良が眉を顰《ひそ》める。

「おれん家、崩壊かい」

「人の世の　儚《はかな》さ辛さ　恐ろしさ　語っているよ　愛の巣窟。おお一首、できたぞ。どうだ？」

「あほくさい　あいも変わらず　あほくさい　勇作くんの　妄想夢想。ほい、ご返歌、どうよ」

「駄作だ」

「おまえのほどじゃねえよ。親父は《愛の巣窟》には足を踏み入れてねえし。渋谷駅の前で、若いおねえちゃんがこのティッシュを配ってて、それをつい受け取っちまっただけだ。受け取って、こりゃあ、やばい。おふくろに見つかったらやばいって慌てちまって、それで、おれに処分を頼んだわけ」

「おまえに頼まなくても、どっかに捨てりゃあいいだろ。ゴミ箱ぐらいどこにでもあるっしょ」

「それが……」

一良が睫毛《まつげ》を伏せる。長くてカールしている、無駄に魅力的な睫毛だ。極め付きの童顔に微《かす》かな憂《うれ》いが浮かんだ。ティッシュの女性を指差し、声を潜める。

「この女の人、ちょっと猫っぽいだろ」

「うん？……そうかぁ？」

目測Gカップの彼女は、布を極限まで節約した水着と左官さんが塗ったとしか思えない厚塗りの化粧が目立つ。

どこら辺りが猫っぽい？そもそも、猫っぽいとはどういう容姿、雰囲気を指してのことだ？

言い忘れたけれど、おじさんは一良の父親だけあって、無類の猫好きなのだ。「根昆布」のことを「猫コンブ」だと三十過ぎるまで信じていたとの逸話が残っているとか、いないとか。

「親父としては猫っぽい女についい心が揺れて、捨てずに家に持ち帰っちまったわけだ。けど、家に帰るとタマ、フジ、トラの本物猫三匹がいる。その愛らしさ、可愛さに、親父は我に返り、己の迷いを恥じた。それで、きれいさっぱり処分してくれと、おれにこれを託したってことさ」

「おばさんに見つかったら、面倒だもんな」

「それそれ。おふくろ潔癖だし、気が強いし、勘が鋭いし、腕っ節強いし、度胸あるし、合気道の有段者だし。『あんた、これはなに。ちゃんと説明して』なんて詰め寄られたら、到底かなわねえんだ。同じ有段者でも、合気道と書道では勝負になんないもんなあ」

「なんないなあ、確かに」

　ここで、一良、ため息を吐く。続いて、

「ところが、おれもいざ捨てようとすると、なかなか機会が無くてなあ。こういうのタイミングだと思うんだけど、駅のゴミ箱に捨てようとしたら駅員が睨んでる気がしたり、スーパーやコンビニのゴミ箱付近で、たまたま、おばちゃんたちが立ち話してたり……こちらがびくびくしていると、何もかもが危なく思えるのかなあ」

　と、証拠隠滅に焦る殺人犯まがいの科白を口にする。

「なるほど、たかだかポケットティッシュとも笑えないわけだな。って、そんな妖しくもいやらしいティッシュをおれに渡すなよ」

「いやあ、勇作ってこういうの好きかなと思って」

「どこが好きなんだよ。おれは猫っぽい女なんて好きじゃない。どっちかというと、クシャン」

またまた、クシャミだ。不本意ではあるが《愛の巣窟》のティッシュで鼻を押さえる。あまり紙質はよくない。

「おい、マジで風邪《かぜ》なんかひくなよ。ここまできて、風邪で甲子園のマウンドに立てませんでしたなんて、笑い話にもなんねえぞ」

「たりまえだろ。そんな笑い話、誰も笑わねえよ」

一良と言い合っていると、いつの間にか心がほぐれてきた。寒くても、〝熱いぞ、甲子園〟ってイメージからは程遠くても、甲子園はやはり甲子園だ。ものすごい迫力と圧力がある。そして、美しい。

甲子園のグラウンドはテレビで見るより、スタンドで眺《なが》めるより、ずっと黒々として艶《つや》があった。そのときの立場によって見え方が違うなんてこと、あるだろうか？　でも、実際に、おれは今日初めて、甲子園グラウンドの美しさを知ったのだ。

目の前にマウンドがある。

黒々とした土の中で投手板が白く輝いていた。こんな曇天なのに、輝いている。おれは足を広げ、甲子園の土を踏みしめた。大きく息を吸い込む。冷たい空気が胸の底まで流れ込んできた。

一良が背中を叩いてくる。

バシッと音がして、気持ちの良い痛みが広がった。

「思いっきりやろうぜ、勇作」

「もちろん」

「高二の春に甲子園デビュー。最高だよな、おれたち」

「まったく」

一良が珍しく高揚している。そりゃあするよな。甲子園だもの。おれたち、別に甲子園のために野球をやってるわけじゃない。そこのところは、確かだ。甲子園に行くために野球をしたら、何か申し訳ない気がするんだ。

誰に？　誰にだろう？

よく、わかんない。ただ、おれの野球の最終目標が甲子園じゃないことだけは、わかっている。ミーティングでその趣旨の発言をした。甲子園へと出発する前日のミーティングだった。テーマはずばり、『甲子園について思うこと』。

明日は甲子園だ。

みんなは、そして、もちろんおれも興奮しまくりだった。髪の中に指を突っ込むと頭皮がかなり熱くなっていた。体温が一、二度は上昇してたんだと思う。じんわり汗もかいてたしね。

で、みんなが口々に、我先に、発言した。板書係の一良（木下さん亡《な》きあと……じゃない、木下さん引退の後、ポスト木下として指名されたんだ。父親に幼年時から特訓されただけあって、一良もかなりの能筆なのだ。きちっとしたとても読み易い文字を書く。「山本くん、すごいですねえ。弟子入りしたいぐらい上手です」と、鈴ちゃんが本気で感嘆していた。もっとも、鈴ちゃんは何にでも本気で感嘆する。この前なんか、早雲のスパイクの紐《ひも》の結び方にむちゃくちゃ感心していた。「完璧な蝶結びだよねえ。これなら試合中に緩む危険性はほとんどないし、見た目も美しい。うーん、見事ですよ、木村くん」だって。余談です。ごめんなさい。あっこれも余談かもしれないけれど、山本おじさんの息子への期待は相当なものがあった。「この子には才能がある。いずれ、世界に羽ばたく書道家となろう」と息子の才能を看破し、あるいは読み間違え、徹底的な天才教育を行った。その内容たるや、見守る母親が電柱の陰で落涙するほどに過酷を極め……え？　ほんとに余談すぎる？　だよね。それに、中学生になるや一良は「おれ、習字より野球の方が好きだから」と宣言しちゃったわけだしね）が、追いつけないほどの勢いだった。

「はい、みんな。落ち着いて。冷静に、冷静に。板書係を困らせちゃだめですよ」

鈴ちゃんが慌てて、みんなを静めようとする。そこに、コンガリ杉山さんの一喝が響く。

「こらあっ。静かにしろ。今から興奮しててどうするんだ」

室内の騒ぎがすっと引いて行く。かなりの迫力だ。前キャプテン井上さんに迫っているのではないか。うーん、杉山さん、ますますキャプテンっぽくなったなあ。

「では、一人ずつ、発言してもらう。司、山本、準備いいな」

一良が黒板の前で、伊藤さんが出入り口近くの机の傍でうなずいた。伊藤さんの机の上には、ノートが広げられている。今年から、ミーティング録をきちんと残そうと……から提案があって……。あれ？　誰の提案だったっけ。思い出せない。思い出せないってことは、きっと前田さんなんだ。前田さん（たぶん）から提案があって、みんなが賛成して、記録係に伊藤さんが名乗り出て、伊藤さんに決まって、ミーティングの度に伊藤さんは記録係の席に座ることになった。もちろん、一良も伊藤さんも発言権はある。

せっかく書き残すなら、このミーティング録の抜粋と、ランニング創作コンクールの最優秀賞作品を集めて一年に最低一冊は、文集を作ろうという話になり、「野球部で文集ってどうよ」「そういう既成の枠、〝それってどうよ〟的な枠を打ち破ってこそのさいとう野球じゃないか」「なるほど。賛成」「おれ、アルカリ性」「つまんねえ冗談いうな。場が白けんだろう」「文集ができると、ランニング創作コンクールのさらなる励みになるんじゃないか」「いや、これ以上、励まなくても……そもそも、励む方向が微妙に違うように思いますが」（これはおれの意見。創作とランニングとどっちに励むのかと質問したわけだ）「そりゃあ、どっちもだろう」「いやあ、野球部なんだから、やっぱランニング重視で行くべくだ」「行くべきだ、だろうが。おまえ、ろれつが回んなくなってんぞ」「げっ、頭の血管に異常か。怖《こ》ぇ～」「待て待て、おれの言うことを聞け。キャプテン、発言します」「はい、どうぞ」「うっふん、ごほごほ。えっと、創作とランニングを分けて考える必要なんてないんじゃないでしょうか。どちらも励み、パワーアップしていけば、野球も上達していくと思います」「あっ、おれも、そう思います」云々、あれこれ、これあれの議論の後、文集作成が正式に決まった。

ちなみに文集係は、おれ、伊藤さん、ご住職小川、一良、森田さん（前にも言ったかもしれないけど、渾名はデコチンです。初対面の相手には必ず、「これ若はげじゃないからな。生まれつきデコが広いんだ」と説明する。イラストレーター志望）が抜擢された。あれ？　もう一人いたんだけど。誰だったかな……。思い出せないから、きっと前田さんだ。

文集係のいる野球部って、全国広しといえども、さいとう高校だけだろうな、きっと。

この日も、伊藤さんはノートにせっせとボールペンを走らせていた。伊藤さん、あっさりしているだけでなく、わりにマメな人です。

三月某日。晴れのち薄曇り。さいとう高校野球部第〇〇回ミーティング。

テーマ　甲子園について思うこと。

「甲子園を一言で表せば夢です。憧《あこが》れでございます。それがかなって、今、もったいないような気持ちになっております。こういう気持ちにさせてくれる甲子園は、やはり偉大であります」

と、ご住職。意見を述べた後、静かに合掌。

「なんてったって、日本放送協会が全試合、全国放送、やっちゃいます。そんな大会、甲子園しかありません。だから、甲子園、やっぱ、すげーっ」と、早雲。すげーっのはわかるとして、NHKをわざわざ正式名称で呼ぶ必要があったのか。

「えっと、イマイチ、正体が摑めないって感じです。相手がビッグ過ぎて全体像が摑めないってところが正直な気持ちです。甲子園と神宮球場でのプレーは違うのか。さらに、さいとう市運動公園球場でする試合とは違うのか。考えてはいるのですが、はっきりとした答えが出ません。甲子園の土を踏むことで、その答えが摑めるのか。やっぱり、甲子園は違うんだと思えるのか、そんなに差を感じないのか、じっくり経験してみたいです」

これは、山川さんの発言。山川さんは、ショートで七番を打つ。新チームになってからぐっと打力の増した感のある先輩だ。……さんほどじゃないけど、あ、えっと、何さんだったっけ……、思い出せないってことは、前田さんだ。うん、前田さん。前田さんほどじゃないけれど口数が少なく、態度も控え目で、雰囲気も地味で、あまり目立たない。前田さんの場合、存在感の薄さが逆に強烈な個性って気がしないでもないんだけど（誰かの名前が出て来なかったり、顔が浮かばなかったりしたら、「とりあえず、前田ってことで」とか「たぶん、前田だ」とか「これだけ考えて思い出せないなら、絶対に前田だな。間違いなし」とか、全ての忘却の道はMAEDAに通ずと唱えたいほどの存在感なんだ)、山川さんの場合は、ごく普通の地味さだ。思慮深いと言い換えた方が当たっているかな。そう、山川さんは思索の人なんだ。理論派とはちょっと違う、おれたちが「そんなもんでしょ」と流してしまう諸々をじっくり見、じっくり聞き、じっくり考える。そんなタイプなんだ。思索の力と学力の関係について、おれは何も語れない。ただ、山川さんは、ずっと学年トップの成績を収めているらしい。重ねてただ、習字は小学校のときから大の苦手だったとかで、「おれ、山本をマジで尊敬しちゃいそうだ」と言っていた。

思慮深いショートって、何となくさいとう高校野球部っぽいでしょ。どのへんが、ぽいかは上手く言えないけど(すみませんね。思慮浅くて)。

その地味な秀才、山川さんの発言に触発されて、おれはふっと浮かんだ思いを口にしてみた。おれの場合、心と舌が直結してるみたいだ。あれこれ考えずに、思いが真っ直ぐに言葉になってしまう。これ、美点？　欠点？

「はい、発言します」

「はい、山田、どうぞ」

おれは立ち上がり、おもむろに口を開いた。もったいぶっているわけじゃない。

下唇の裏に口内炎が同時に二つもできて、ゆっくり口を開けないと痛いんだ。羽合温泉の効能が切れてきたのかもしれない。あるいはマカデミアナッツの食べ過ぎ？

「あのう、今の山川さんの意見に繋がるかどうか分かんないんですが……えっと、おれは甲子園で投げられるのは、ものすごく緊張するけれど、ものすごく楽しいだろうとわくわくしています。こういう気持ちは、やはり、他の球場では味わえないもののような気がします。そういう意味で、えっと……やっぱり、甲子園って特別な球場じゃないでしょうか。でも……えっと、あの……、おれ、甲子園のために野球をしているわけじゃなくて、つまり、甲子園がおれの野球の目標じゃないって気はしています。じゃあ、目標は何かと聞かれたら困るんだけど、ナントカのためじゃなくて、好きだからやっているってとこだけは、忘れないようにしたいです」

唾が口内炎に染みる。

おれが腰を下ろすと、すかさず幾人かの手が挙がった。テーマは甲子園そのものから、自分にとっての野球に移り、さまざまな意見が飛び交った。みんな、野球が好きだというところは揺るがないんだけれど、好き度には微妙に濃淡、高低、ばらつきがあった。あって当然だ。温泉だって、一口に温泉と言うけれど、ざっと十一種類の泉質がある。どれが好みかは、人それぞれだ。おれとしては、やはり「硫黄泉！」と声を限りに叫びたくはあるが。因みに、十一種類の泉質とは単純泉、食塩泉、硫黄泉、鉄泉……え？　温泉、関係ない？　そうですか、そうですね。

「みんな、すごいね」

議論が一段落したとき、鈴ちゃんが言った。

「すごいよ、みんな」

鈴ちゃんは心底、感激していた。眼鏡の奥の眼が潤《うる》んでいる。

「うう……、みんな、りっぱになって。すごいよ。ううっ……あ、すみません。発言してもいいですか」

「はい。監督、どうぞ」

杉山さんがちらっと、壁にかかった時計（いったい、誰の仕業やら。年明けから、鳩《はと》時計がかけられているのだ。鈴ちゃんも部員もまったく心当たりがないという。さいとう高校新七不思議の一つだ。他の六つは、一、体育館への渡り廊下に設置された手洗い場、いつもは五つのはずの蛇口が満月の夜だけ七つに増え、その一つからは水ではなく長い髪の毛と血が滴《したた》り落ちるというもので、それは次のような因縁話に……いや、だめだ、横道エピソード、カット！）を見やる。

「そろそろ時間なので、手短にお願いします」

「はい。では、手短に」

鈴ちゃんは指先で目尻をそっと拭くと、その指で眼鏡の位置を直した。

「これだけ、ちゃんとしゃべることができるんだから、やっぱり、みんなは強いよ。えっと、まだ、時間あるかな？」

「三分はあります」

「はい。三分で十分です。野球の試合ってのは、一つの生命体みたいなもの、しかも、謎の生命体、未知なる生き物に近いんだよ」

謎の生命体？　未知なる生き物？　野球が？　どういうこっちゃ。

顔を横に向けると、一良の視線とぶつかった。

一良　おれに訊くなよ。なんのことやら、さっぱりだ。

勇作　とてつもない冒険が待っているとか、そういう意味じゃねえのかな。

一良　甲子園で冒険？　何か違う気がする。

勇作　だよな。違う気がするよな。

眼だけでこれだけの会話ができるのも、幼馴染バッテリーが故だろう。不毛っちゃあ不毛な内容なのが、イマイチ惜しい。

「えっと、つまりですね。どこでどう変化するかわかんないってことです。突然、背中に羽が生えて飛び立っちゃったり、だんご虫みたいに丸まったりします。こちらの予測のつかない動きをするんだよね。試合をしてみて、みんな、実感したことも多いでしょ」

「それって、ちょっとしたこと、例えば一球の失投とか、エラーとか、幸運なポテンヒットとかで、試合の流れががらっと変わるってことですか、監督」

伊藤さんがあっさりと、しかし、端的に説明を足した。

「まあ、わかり易く言えばそうですね」

監督、わかり易く言ってください。正直、だんご虫を出す必要、まったくないと思います。

「人のやる野球は生き物です。だから、絶対の勝利も予《あらかじ》め決められた敗北もありません。さらに言うなら、絶対に優勝できると断定できるチームなど存在しないのです。勝利、優勝の可能性なんて机上の空論に過ぎません。だけど、ぼくはあえて、宣言します」

鈴ちゃんは背筋を伸ばし、おれたちを見回した。おれたちも、鈴ちゃんを真っ直ぐに見詰める。

「さいとう高校野球部は強いです。きみたちは、誰にも、どこにも、どんなものにも決して負けません」

鈴ちゃんの言葉がどんとぶつかってきた。

胸がときめいた。

鈴ちゃんは、おれたちを鼓舞するために、激励するために、心にもない言葉をしゃべっているのではない。本気で感じているんだ。

きみたちは、誰にも、どこにも、どんなものにも決して負けません。

雄叫びをあげたいような、じっと黙していたいような、みんなと一斉に腕を突きあげたいような、一人こぶしを握り締めていたいような心持ちになる。

おれたちは、誰にも、どこにも、どんなものにも決して負けないんだ。

一良が身体を震わせる。みんなが身体を震わせる。

鈴ちゃんがゆっくりとうなずいた。

監督！

みんな！

熱いうねりが、おれたちと鈴ちゃんの間に通う。

監督！

みんな！

「あっ、まだミーティング続いてるね。よかった、よかった」

突然、三つ揃《ぞろ》いの男が飛び込んできた。すらっとした長身で、髪は白髪が目立つがふさふさとして艶がある。

「待たせて、すまなかったね、諸君。ちょっと、教育委員会との会議が長引いてしまって」

よく通るバリトンを響かせ、男は軽く手を振った。ピンストライプの背広に、太縞のネクタイ。色はどちらも青系だが、ネクタイはやや濃い目だ。シャツの襟にも同色の縁取りがある。

「校長……何事でしょうか」

鈴ちゃんが僅かに身を引く。そう、この伊達《だて》男こそ、我がさいとう市立さいとう高校の渡辺《わたなべ》校長なのだ。昔、俳優を目指して挫折したといううわさがあるが、真偽のほどは定かではない。校長が、チョウがつく洒落者なのは事実だ。

「え？　言ってなかったっけ？　今日は甲子園に出発する直前のミーティングだろ。最後に、ぼくから部員の諸君へ激励のメッセージを送りたいと」

「……聞いてないですが」

「そうか。手違いがあったかな。でも、まあ、せっかく来たんだ。諸君に一言だけ挨拶をさせてもらおう」

校長は背広の襟を引っ張ると、朗々と語り始めた。

「諸君、この度は、甲子園初出場、まことにおめでとう。これは、野球部のみならず、さいとう高校、いや、さいとう市の全ての人々にとって誇りとなる快挙であります。思い返せば、わたしが赴任してきたとき、さいとう高校は文武両道を合い言葉として、生徒たち教師たちが一丸となり、切磋《せっさ》琢磨《たくま》していこうと」

ポッポポウ、ポッポポウ、ポッポポウ。

突然、鳩時計が鳴りだした。

ポッポポウ、ポッポポウ。

「あ、五時だ」

鈴ちゃんが手を打つ。

「この部屋、何時まで借りてたんだっけ、杉山くん」

「はい。五時十五分までですが、十五分は片付けと清掃の時間です」

「ということは、実質五時までしか使えないんだよね」

「はい、五時までしか使えません」

杉山さんと鈴ちゃんの、息の合ったコンビネーションプレーに、校長は眉を寄せた。

「鈴木くん、わたしはまだ、しゃべり始めたばかりなんだが……」

「はい。どうぞ。ただ時間が無いので肝心なところだけを、チョイチョイと掻《か》い摘《つま》んでしゃべって頂けると助かります」

「わたしの話をあまり聞きたくないようにもとれるが」

「そんなこと、ありません。絶対に、ありません。ねえ、みんな、ありませんよねえ」

「ありません」

おれたちは声を揃《そろ》えた。

「なんで、そんなにありまのところだけ力が入って……ああ、そうだ有馬温泉のことがあった」

鈴ちゃんが、ふにゃっと笑った。それから、揉み手をしながら校長に近づく。悪代官にすり寄る悪徳商人みたいだ。

「そうです、校長。肝心の有馬温泉ですが……むふふ。お約束、よもや忘れちゃおられませんよねえ」

「忘れるものかね。安心したまえ、鈴木くん。どんと、わたしに任せなさい。見事に甲子園初出場を果たしてくれた野球部ナイン全員を有馬温泉にご招待しまーす」

校長が両手を広げる。歓声がわき上がる。

「ワッタナベ、ワッタナベ、ワッタナベ」

渡辺コールが巻き起こり、拍手の渦となる。

「うわっははは。いい気持ちだ。これでスポットライトがあれば言うことなし。スポットライト、ないかね、鈴木くん」

「ありません」

「有馬はわかったって。わたしの大学時代の友人が、有馬で温泉宿を経営している。甲子園の開催期間中、ずっと部屋を空けて待っていてくれるそうだ」

一際大きな渡辺コール。しかし、おれはやや不安になる。期間中ずっと部屋が空いてるって、それ、流行《はや》ってないってことじゃないでしょうか。

「建物は古風で趣があり、料理はほとんどが板前の手作りだ」

校長、古風ってただ古いって意味じゃないですよね。それに、ほとんどが板前の手作りって……〝ほとんどが〟の箇所が微妙に気になるんですけど。

ここで、温泉ミニ知識のコーナーです。

有馬温泉は日本最古の温泉の一つで、日本書紀にも登場している。泉源は七ヵ所。金泉は含鉄ナトリウム塩化物強塩高温泉（海水の二倍の塩分であるとか）、銀泉は二酸化炭素泉（炭酸泉）、放射能泉（ラドン泉）である。

校長がさらに両手を広げる。

「露天風呂もばっちりで、これが広い。じんわり身体に染み込む名湯でもある。春の六甲の山懐《やまふところ》に抱かれ、ゆっくり浸かって欲しい」

おれも一緒になって渡辺コールを叫んだ。

露天風呂、名湯、それだけ聞けばもう十分だ。部屋にハンモックが吊られていても、夕食がインスタントカレーのみだとしても耐えられる。できれば、朝食の膳には、一良のために生卵（温泉卵含む）、ポポちゃんのために子持ちシシャモが並ばないように祈りたいが。

「校長、お約束、ありがとうございます」

「いや、お礼を言うのは、わたしの方だ。実は……わたしは高校球児だったんでね」

「……」

「え、それは初耳でした」

「うん……、高校球児とは言っても、創立以来一度も甲子園経験のない野球部の、しかも、レギュラーにさえなれなかった男だ。笑ってくれていいよ、鈴木くん」

「いや、ちっとも笑えませんが」

校長の視線が遠くに向けられる。

「遠い青春の日、わたしは甲子園に焦《こ》がれ続けた。どんなに焦がれても手が届かない。虚しさゆえに、わたしは野球にも甲子園にも背を向け、教育の道を選んだ。それは、じつに苦しい道程で」

「校長、掻い摘んで」

「う……だから、まさか、校長としてでも甲子園デビューできるなんて、信じられなくて……。諸君、ありがとう。諸君のおかげで、焦がれ続けた甲子園に……」

校長が目頭を押さえた。

おれたち、思わず貰い泣き。

甲子園って、ほんと、すごいところだなあ。野球に関わる者たちそれぞれに、何かを刻印していくんだから。

「だから、有馬温泉ご招待なんて当然なんだよ。ほんとに、嬉しくてありがたく」

「酸ヶ湯かもしれません」

「うん？　鈴木くん、今、何て？」

「有馬キャンセル、酸ヶ湯ご招待プランに変更になるかもしれませんよ。校長」

「す、鈴木くん、それは甲子園で優勝するという意味か」

「他にどんな意味がありますか？」

「いや、単に有馬より酸ヶ湯が好きという意味かと」

「校長、お戯れを」

「鈴木くん、きみ、見た目と違ってなかなかに剛の者じゃないか」

「むふふふ、校長の太っ腹には及びませんよ」

「むふふふふ」

鈴ちゃんと校長が肩を寄せ合い、不気味に笑う。

「はい、ここまで。時間切れです。本日のミーティング、終わり。明日の集合時間等、もう一度、確認してください」

杉山さんが冷めた声で宣言する。

さいとう高校野球部のミーティングは終了した。


クシャン。

背後でクシャミが聞こえた。

「あ、ごめん。何か寒いねえ。鼻水が出てきちゃって」

鈴ちゃんが鼻を押さえている。なので、もごもごしたヘンテコな声になっていた。その声で、

「でも、いいね。甲子園」

「はい」

「あのマウンドなら、さぞかし気持ちよく投げられるだろうねえ」

「はい」

「ピッチャーの醍醐味《だいごみ》、たっぷり味わってね。山田くん」

「はい」

あのマウンドを味わえるのは、ピッチャーだけだ。たっぷり味わいます。たっぷり楽しみます。監督。

鈴ちゃんが目を細める。

「うん、山田くん、いつもの調子だね。いつものきみのピッチングができそうだ。よかった、よかった」

「少し、クシャミが出ますが」

「まあ、これは粘膜が敏感になってるので、しかたない……クッション、クッションョン」

「監督、ティッシュ、ありますよ。全部、使っちゃってください」

おれは何気なく、例のティッシュを差し出した。

「ありがとう、助かる」

鈴ちゃんがティッシュを手にしたとたん、部長の小林先生の大声が轟いた（井上さんが引退してから、小林先生の大声が目立つようになった。ナンバー2からナンバー1に昇格したってとこかな）。

「鈴木監督、そろそろ練習を始めましょう。時間が限られてるんで」

「あ、はい、すみません。みんな、グラウンドに集合。守備練習に入るよ」

鈴ちゃんはユニフォームのポケットにティッシュを突っ込むと、おれと一良を振り返った。

「バッテリーも、急げ。甲子園のマウンドをしっかり実感してね」

そのまま、あたふたと駆け出す。

「一良……」

「うん……」

「ティッシュ、持って行かれちゃった」

「だな」

「これも、運命だ。なるようにしかならんべな」

「まったくだ。なるようにしか、ならんべよ」

一良が、レガーズを着けた脚を前に出す。

「行こうぜ、勇作」

「ああ、行こう」

甲子園、初練習。

おれの前におれのマウンドがある。

風が吹いていた。

マウンドの上で渦巻く風を、おれは全身で受け止めた。

「勇作、マウンドじゃなくて、まずは整列。ほら、早く」

一良に腕を引っ張られる。

あ、そうだった、そうだった。みんなで一斉に、グラウンドへと走るのな。あ

あ、どんどん甲子園っぽくなるぞ。

では、一応、ここでダ・スヴィダーニャ。

さいとう高校野球部&甲子園、しゃべることがいっぱいあるぜ。

その六、鈴ちゃん、意外にノックが上手です。

鈴ちゃんは、ノックが上手だ。

びっくりでしょう。今までの話の流れからして、鈴ちゃんのノックしている姿なんて、どうにも想像できないでしょ。

ところが、これが上手いんだ、実に。

いや、上手いと言い切ってしまうと、いささか語弊があるかもしれない……。でも、鈴ちゃんがある意味、天才的ノッカーであるとは断言できる。日本にある全ての温泉にかけて、おれは言い切ってみせる。

鈴ちゃんは、天才ノッカーだ。

それを証明するために一例をあげる。ちょっと長くなるけどつきあって欲しい。いや、つきあうと言っても、今度の日曜日、デートしようとか、おれが特製の春野菜カレーを作ってやるから今夜、食いに来いよとか、そういう類のつきあいじゃないから。え？　わかってる？　はいはい、どうもすみませんね。

例①

某練習試合で、早雲がファースト前に転がったゴロを後逸した（早雲、バッティングに比べて守備がイマイチなんだよな。でも、あのときのゴロは『ふん。あんたなんかに捕られてたまるもんですか』的な、すげえイレギュラーバウンドしちゃったから、早雲でなくても捕れなかったと思う）。三塁にランナーがいたから（おれが三塁打を打たれちゃったんです）、当然、相手チームは得点した。結局、その一点が決勝点になって、さいとう高校は3対2のスコアで敗れた。

早雲、さすがにへこんでたな。実は早雲、顔の作りは大胆でも心はわりに繊細なところがある男なんだ。

で、ミーティング。当然、ミーティング。やっぱり、ミーティング。さいとう高校野球部といえばミーティング。

テーマはずばり『我々はなぜ、敗れたか』。ちょっと大仰《おおぎょう》すぎるけど、あのころミーティングのテーマをやたらかっこつけて命名するのが流行ってたんだ。『運動力学と幸福論』とか『個人の野球と世界の繋がり』とか『愛は本当に地球を救うのか』とか。一時的なブームで、すぐに廃《すた》れちゃったけどね。新チームになってすぐのころだったから、みんな妙な力が入ってたんだろう。

テーマは仰々しいけど、中身はいつものさいとう高校野球部のミーティングで、それぞれがそれぞれに自分の意見、感想を自由に述べていた。

まず問題にあがったのが、打線の強化。得点のチャンスは何度かあったのに、それを生かせなかったことは、大いなる反省点だ（ごめん、テーマに引き摺られちゃって、言い方もつい力入っちゃった）。次に、投手力の安定。これは、木下さんに代わるリリーフ要員とおれ以外に先発投手がもう一人必要だという話になった。

「先発については、やはり当分は、山田くんに踏ん張ってもらうしかないんだけど、リリーフに関しては、ぼくに考えがあります。むふふ」

突然の鈴ちゃんの発言にミーティングルームはわきたった。

「監督、どっどういうことですか」

「むふふって、笑いが気になるんですけど」

「ポスト木下、誰なんですか。まさか、おれでは」

「うわぁ、重大発表をこんなタイミングでやっちゃって、いいんですか」

鈴ちゃんは、おれたちの騒ぎを楽しげに眺めていた。まぁ鈴ちゃんは、基本、楽しげなのだ。

楽しげな眼差しでおれたちを見回し、もう一度むふふと笑った。

「それでは、我がさいとう高校野球部リリーフ候補をここで、発表いたします」

拍手。拍手。拍手。

「それは、田中一慶くんです」

鈴ちゃんの声が響く。

おれは、とっさに、ほとんど反射的に顔を横に向けた。横にポポちゃんが座っていたからだ。

ポポちゃんは口を半開きにしていた。手は十五センチほどの間隔を空けたまま止まっている。拍手の途中で「それは、田中一慶くんです」と言われそのまんま動きが止まっちゃったんだ。玩具のサルって、知ってる？　シンバルもって、ネジを巻くとそれをガチャガチャ打ち合わせる、まあ一種のからくり人形みたいなやつなんだ。ポポちゃん、ネジの切れたサルの玩具よろしく、両手を広げたまま、ぽかんと前を向いていた。

「それは、田中一慶くんです」

ポポちゃんの反応がなかったので、鈴ちゃんはまた、声を張り上げた。ポポちゃんが全身を震わせる。ずぶぬれになった犬みたいだ。

「へ？　おれ……ですか」

「田中くんだよ。田中くん用の新しい練習メニューを作成したから、明日からはそれに従って、一応やってみてください。やってみて違和感を覚えたら、また、話し合いながら改良しましょう」

鈴ちゃんは、マッサージのおねえさんの〝力の加減はいかがですか。違和感がありましたら、すぐおっしゃってくださいね〟みたいな物言いをした。

ポポちゃんが、立ち上がる。

「か、監督、おれ、ピッチャーなんてできるんでしょうか」

「できるよ」

鈴ちゃん、即答。当然ですって口調だった。

「田中くんなら、やれるよ。肩が強いし、返球のコントロールめちゃくちゃいいし、身体は柔らかいし、下半身しっかりしているし、絶対にやれるよ」

「そっ、そうですか」

「そうです。田中くんの中には、ピッチャー要素がかなりあるんだよ。山田くんほどじゃないけど。田中くん、バッティングにもすごい興味もってるよね」

「そりゃあ、もちろんです」

鈴ちゃんは目を細め、うんうんと二回、うなずいた。

「だよね。〝打ちたい〟の方が〝投げたい〟より勝ってるもんね」

「はい」

ポポちゃんは、これ以上ないくらいシンプルに答えた。たぶん、事の成り行きに思考力が追いついてないんだろう。

おれは、ポポちゃんと鈴ちゃんを交互に見やる。そして、考える。

おれは、どうだろう。

一秒も考える時間はいらなかった。

投げたいと思う。

バッティングも嫌いじゃない。試合に臨めば打ちたいって強く願う。おれのバットで得点したいと望む。当たり前だよな。でも、マウンドとバッターボックスを比べたら、だんぜんマウンドが好きだ。大好きだ。バッターボックスは細すぎて、かつ、性格がきつそうで、美人なんだけどおれの好みじゃない女の子で、マウンドはもう、どんぴしゃ意中の女性って、そのぐらいの差はある。

「だけど、田中くんの中には〝投げたい〟衝動、〝投げたい〟欲求が眠っているんだよね。それが、ぼくにはわかるのさ、ふふふ」

鈴ちゃんが薄く笑った。薄笑いってのが、ここまで様になっていない人も珍しい。本人はニヒルな笑みをうかべたつもりなんだろうが、カルガモの母親が雛《ひな》に文句を言っている顔つきに限りなく近い。

「そっ、そうなんすか。おれ、まったく気がつかなかったっす」

ポポちゃんは、鳩が豆鉄砲を食らった顔つきのままだ。

「自分のことってのは、なかなか、わからないもんなんだよねえ。うふふ。実は、あの木下くんもそうだったんだ。最初は、ピッチャーなんてとんでもないって反応だったんだよねえ」

「木下さんが……」

ポポちゃんが唾を飲み込んだ。

「うん、絶対、無理無理って感じだったなぁ。でも、いざやってみたら、最強のリーフって感じだったでしょ。三十球、限定だけど」

「おれも、三十球限定ですか」

「田中くんは限定必要ないでしょ。体力あるし。ただ、山田くんなら相手がどこでも、どんなに調子が悪くても、七回まではきっちり抑えてくれるはずだから、リリーフとしては、最長でも三回を投げ切ればいいわけだ。ね」

監督、二回です。野球のイニング数は九ですから。今、ついつい、10－7＝3と計算しちゃいましたね。迂闊です。あまりに迂闊過ぎますよ。

でも、嬉しい。

鈴ちゃんの信頼が嬉しい。

お世辞でも嘘でも思い込みでもなく、鈴ちゃんはおれをどんな理由があっても、悪条件でも、七回までは投げ切れるピッチャーだと信じてくれている。それが、嬉しい。何だか、背筋がまっすぐに伸びる。胸を大きく張りたくなる。

おれって、単純？

単純でもいいや。まっすぐに響く言葉にならば、まっすぐに単純に応じてもいいでしょ。そういう単純さなら、please, please, welcome. 寄ってらっしゃい、見てらっしゃい。ハグしてあげるよ、ぎゅっぎゅっぎゅっだもんな。感覚的でごめんなさい。

「あの、じゃあやってみます。でも、ほんとうに、おれなんかでいいんすかね」

「田中くんがいいんだよ」

「あっ、でもおれ、木下さんのようにはなれないと思います」

「なれなくていいよ。田中くんには田中くんの持ち味があるんだからね。木下くんより劣っているところも、優れているところもあるのは当然でしょ。その優れたところをこれから、どんどん伸ばしていけばいいわけだから」

　この会話、おれの脳内で以下のように置き換わった。

鈴ちゃん　ポポ子、ぼくと結婚してくれ。
ポポ子　（しばし絶句）でも……あたしみたいな女でいいの。
鈴ちゃん　ポポ子がいいんだ。ポポ子でなきゃあ駄目なんだよ。
ポポ子　でも、あたし、あなたの前の奥さん（鈴ちゃんバツイチの設定です）みたいに何でもできる女じゃないの。ううん、むしろ不器用で口下手で……、いいとこなんか一つもないわ。
鈴ちゃん　ポポ子にはポポ子のいいところが、いっぱいあるんだ。ぼくには、よくわかっている。ポポ子、きみは眩《まぶ》しいほど輝いてるんだ。自分ではその輝きに気がつかないだけなんだよ。

ポポ子　まあ……嬉しい。あたし、幸せよ。
鈴ちゃん　ポポ子。
ポポ子　鈴ちゃん。

二人は抱き合い、熱いキスを交わすのであった。

いやいやいや、そのシーンはカット。幾らなんでもあり得ない。でも、ポポちゃんの眼が潤んでいたのは事実だ。うーん、もしかして、鈴ちゃんてかなりのタラシ？　女の子の心を何気に摑んじゃうコロシ文句に、決め科白《ぜりふ》、ばっちりだもんね。ポポちゃんは、女の子じゃないけど。

でも、きっと、ポポちゃんの胸の中には熱い想いが滾《たぎ》りながらも、一抹の不安もまた過ぎっているだろう。

よし、やってやろうじゃないか。

しかし、おれは監督の信頼に応えられるんだろうか。

ヤクルト、がんばれ。来季こそは優勝だ。

最後の一行は関係なかった。再び、ごめんなさい。

「か、監督。でも……」

ポポちゃんが苦しげに顔を歪める。今にも泣き出しそうな表情だ。陽気で楽天的なポポちゃんがこんな顔、するなんて……。

わかるよ、ポポちゃん。よく、わかる。

マウンドって魅力的だけど怖いんだ。魅力的過ぎて怖いのかもしれない。たった一人で、あの場所に立つってすごいことなんだよな。

たかだかマウンド、ただの土の盛り上がりじゃないかと、平静を装って、鼻先で嗤ってみたいんだけど、どうも上手くいかない。どきどき、わくわく、はらはら感満載で足が震えちゃうんだよな。うん、わかる。ポポちゃんの不安、戸惑い、ものすごくわかる。

ポポちゃんがやはり震える声で言った。

「おれ、木下さんみたいにお菓子なんて作れません」

そこかい！

おまえの不安はそこかい、ポポちゃん！

ええかげんにしろよ！

感嘆符、三連投で突っ込みたい。

「うーん、確かに、それは無理だよねえ。田中くんでなくても、誰にも作れないでしょ。木下くんはある意味、天才だからね。高級な食材をふんだんに使って美味しいケーキやゼリーを作るなら誰でもとはいわないが、できる人はかなりいると思うよ。しかし、木下くんの場合、冷蔵庫にある材料でささっととびきり美味しい物を作っちゃうんだから、感心するしかないものね。あの感性、あのお菓子作りのセンスはすごい。すごいと同時に特異でもあるよね。木下くん独特の才能というか可能性というか。うん、だからね、田中くんが悩むのはわかるけど、あまり意識しない方がいいんじゃないかな」

あまりじゃないでしょ、監督。

意識する必要、まったく無いのと違いますか？　だいたい、木下さんをお菓子作りの面から評価してどうするんですか。

「そうか、そうですよね」

ポポちゃんの顔が明るくなる。

「お菓子が作れなくたって、リリーフピッチャーは務まるんですよね。それが、野球の深いところなんだ」

「おお、田中くん。まさにそれだ。よく気がついた。きみは、今、野球の真髄《しんずい》に一歩近づいたんだよ」

近づいてねえよ。一歩も半歩も近づいてねえよ。

ここでも突っ込みどころには事欠かないのだが、それはそれとして、翌日から、リリーフ投手としての特訓を受けることとなったポポちゃんは血の汗、血の涙を流す……わけもなかったが、かなりの苦労、努力、研鑽《けんさん》（？）を重ねてきた。

鈴ちゃんはすごい。ポポちゃんが本当にピッチャーとしての資質を備えていて、それがめきめき伸びていくのが、おれたちにもちゃんと伝わってきた。おれとしては「ポポちゃんがピッチャー？」なんて半信半疑だったのだが、自分の見る目のなさを反省してしまう。

ポポちゃんの球種は少なくて、ストレートと軽く曲がる程度のカーブしかない。木下さんのように、変な回転をしない、素直な球だ。それは、打ち易い、捕らえ易いってことでもある。でも、意外に打たれない。ストレートに威力があるからだ。勢いよくズバッと決まるストレートの合間にふにゃっとしたカーブ（ポポちゃん、ごめん）が交ざるのは、かなり効果的なのだ。緩急取り交ぜた投球は危ういようで、しぶとく崩れない。

練習試合でも秋季大会でも、ポポちゃんは何度か投げたけれど、投げる度に、マウンドに上がる度に、投げるイニングが多くなるごとに、しぶとさは増していく。

そして、もう一つ、着目すべきはキャッチャーのリードだ。ふにゃにゃカーブとストレートしかないポポちゃんのピッチングを実に巧みにリードし、それぞれの威力を倍増させるという神業に近いリードを見せたのは……見せたのは……うん？　誰だったっけ？　えーと、確か三年生で、一良が「やっぱ、○○さん上手いなあ。あいうリード、おれにはできないかも」と絶賛していたのは……、だめだ、思い出せない。思い出せないってことは、前田さんだ。そうだ、前田さん。前田さん。前田さんのポジションってキャッチャーだったんだよな。肩を壊して、というか、とても壊れやすい肩なんだそうだ。つまりガラスのショルダーってやつ。でも、一試合に二イニングや三イニングなら問題ないらしい。木下さんの球を受けてたのも……、えっと、前田さんだった。

　やや弱肩ではあるがリードセンス抜群のキャッチャーであり、代打の切り札。ここまで条件がそろってるのに、何であんなに影が薄いんだろう。はっきり言ってここまでくると、キング・オブ・影の薄い男って感じだ。

　まあ、とにもかくにも、さいとう高校野球部が甲子園出場を果たした今、ポポちゃん&キング・オブ・影の薄い男（名前が出てこない）のバッテリーが甲子園のグラウンドに現れるのも、時間の問題だ。乞う、ご期待。

あ、でも、もしかしておれ、全試合完投しちゃったりして。ポポちゃん出る幕なかったりして。むふふふふ。それと、リリーフエース誕生の報告が遅くなって、ごめん。忘れてたわけじゃないんだけど、ちょっと失念していて、つまり、やっぱり、忘れてました。

え？　ノックはどうしたって？

ノックって……あぁ、鈴ちゃんのノックの話をしてたんだった。えっと、えっと、ちょっと待ってな、思い出すから。えっと、早雲のエラーがらみで……そうそう、ポポちゃんがリリーフに抜擢された後、守備力の強化の話になった。それで、練習メニューを変更して、守備の強化にかなりの時間をさくことになったんだ。

「そういうことなら、ぼくに任せてもらいたい」

鈴ちゃんはどんと胸をたたいた。

「これからは、鬼監督と呼ばれてもかまわない。激しいノックの嵐をみんなにお見舞いするぜ。覚悟しとくんだな」

鈴ちゃんの物言いが俄かに怪しくなる。まさか鈴ちゃんの口から「覚悟しとくんだな」なんて科白が飛び出すとは、想像もしなかった。薄笑い同様、鈴ちゃんには似合わない科白だ。おれは早雲と目を見合わせ、少し笑った。

しかし、笑い事ではなかった。

鈴ちゃんのノックはすごかった。

何てったって、イレギュラーバウンドノックなのだ。しかも、再生できる。

「はい、木村くん。いくよ」

の一声とともに早雲目掛けて飛んできたノックボールは、走り出た早雲の前でワンバウンドし、約四十五度の角度で右に逸れた。練習試合で早雲がエラーしたのとまったく同じ軌道だ。

早雲は捕れなかった。

ボールは早雲のミットを弾いて、後ろに転がった。

「もう一丁」

一打目と寸分違わないボールだった。今度は、早雲ががっちり捕らえる。

「よしっ。いいよ、木村くん。じゃあ次はこれだ」

今度は反対方向にボールが跳ねる。

早雲が「ひやっ」とも「ぐへっ」とも聞こえる悲鳴をあげた。悲鳴をあげながらも何とか捕球する。

「上手い。しかし、これは、どうだ」

四打目は跳ねるかと思いきや、回転したまま地面を滑って行く。早雲は「なんすか、これ」と叫びながらボールに飛びつく。しかし、妙な回転をしているのかなかなか摑めない。

「うわははは、どうだ。これぞ、秘技、ネズミ花火打球だ。それ、もう一球」

ノックの後、よれよれになった早雲は、

「まさに……鬼監督だ。鈴ちゃんは……鬼だ」

と喘《あえ》いでいたが、おれはどうにも納得がいかなかった。

「鈴ちゃんのノック、ちょっとおかしかねえか」

おれの問いかけに、一良は大きくうなずいた。

「ちょっとどころか、かなりおかしい」

「だよな。ノックって普通、あんなにイレギュラーさせないよな」

「つーか、鈴ちゃん、イレギュラーゴロしか打ってないんじゃね」

鈴ちゃんのノックはその後も続いた。

セカンド、ショート、サード。どのポジションへもヘンテコな球が飛んでくる。

「それ、うさぎ三段跳び」(1)

「次、つむじ風ビューン」(2)

「いくぞ、あっちむいてほい」(3)

鈴ちゃんはノックの度に、奇妙な掛け声をかける。ちなみに、(1)の場合、球は二度三度バウンドして前進してきた選手の前で、大きく跳ね上がる。(2)は、激しく回転しつつ地面を滑ってくる。おれとしては、これが一番の難球だと感じる。(3)は、まっすぐに飛んできた球が、不意に左右どちらかに逸れていくのだ。

鈴ちゃんが張り切り過ぎて腰を痛め、ノッカーがコンガリ杉山さんに代わったとき、おれは(おそらく他の部員も)心底からほっとした。まともに、ちゃんと転がってくるボールの何といじらしく、可愛いことか。だけど、イレギュラーゴロを思い通りに打てるのって、すごい。一良もすごいと感じたらしく、「監督、すごいっすね」と、何の修辞語もつけない称賛を、ずばりと口にした。

腰に温シップを貼っている鈴ちゃんは得意気に胸をそらすと思いきや、頬を染めて、ちょっと俯《うつむ》いた。腰が痛いせいばかりではなく、本気で恥ずかしがっているみたいだった。

「いや……お恥ずかしい。ちょっと調子に乗っちゃって」

「いやぁ、すごいっす。あんな風に思い通りにイレギュラーバウンドできるなんてすごいっす」

「……それしか打てないんだ」

「は？」

「今まで黙ってたけど……まともなノックができないんだ。どうしてだか、みんなイレギュラーになっちゃって……なるべくノックしないようにしてきたんだけど、イレギュラーゴロを捕り損ねて落ち込んでいる木村くんを見てたら、こうムラムラと闘志が湧いてきて、その……ついつい調子に乗っちゃったわけで……」

鈴ちゃんは口をへの字に曲げた。今にも泣き出しそうだ。一良がやや早口になって続ける。

「でも『うさぎ三段跳び』とか『つむじ風ビューン』とか命名してるわけだから、監督は好きなようにボールをイレギュラーさせられるってことでしょ」

「うん」

「それって、すごいじゃないですか」

「まともなノックができればね……」

あの薄笑いはどこへやら、鈴ちゃんはさらに深く、顔を俯けるのであった。肩のあたりに哀愁が漂っている。

「監督、だいじょうぶです。まともなノックができる監督は、ごまんといます。でも、イレギュラー専門ノッカーなんて、そうそういるもんじゃないですよ。三毛猫の群れにイリオモテヤマネコが交ざっているみたいなもんです。イリオモテヤマネコ知ってますか？　特別天然記念物ですよ。特別天然記念物。ものすごく珍しくて貴重な存在なんです。ちなみに、イリオモテヤマネコは食肉目ネコ科で、西表島《いりおもてじま》に分布し、体長約六十センチ、体毛は黄褐色《おうかっしょく》で成長とともに暗灰褐色《あんかい》になり、縦に黒《こく》色斑《しょくはん》が並びます」

「山本くん、イリオモテヤマネコに詳しいんだ」

「ネコ科の動物に関しては任せてください」

一良が屈託のない笑いを浮かべる。

「恥ずかしながら、ぼくはこの前までライオンがネコ科だとは知らなかった人間です」

鈴ちゃんが懺悔《ざんげ》するように、首を垂れた。哀愁がますます濃くなる。反対に一良は顎を上げ、屈託のない笑いから不敵な笑みへと面構えが変わった。

「ライオンはネコ科最大の動物です。イヌ科ではありません」

「そうなんだよねえ。ライオンがネコ科だなんて、軽いショックだったんだ。ちなみに、イヌ科の動物って……」

「オオカミやコヨーテなどですね。タヌキやキツネもそうです」

「ハイエナも？」

「ハイエナはハイエナ科になりますね」

「スカンクは？」

「イタチ科です」

「クマはどうなるの？」

「これが、また、食肉目クマ科になるんですよ」

「なるほど。すごい知識量だね、山本くん」

「いやいや、それほどでもありません」

「あるある。動物についてこれほど造詣《ぞうけい》の深いキャッチャーは珍しいよ。実に頼もしいね。山田くんも幸せなピッチャーだ。いやあ、このバッテリーの次の試合が楽しみだなあ」

監督、動物についての造詣と野球はまったく関係ないです。確かにネコ科を中心とした一良の動物知識は半端ないですが、それが野球に活かせるとは、どうしても考えられないんですけど。

おれでなくても、そう言いたくなるだろう。

まぁ、一良のオタク的動物知識はおいといて、このように、鈴ちゃんは、特異なノッカーなのだ。その例②としては……。

もう、いいか。例①だけで。③も④もはしょっちゃいます。

その鈴ちゃんなのだが、甲子園初練習においても、その能力をいかんなく発揮していた。

「それ、ショート」

「やれ、セカンド」

「そして、ファースト」

一良の励ましが今ごろ効を奏したのか、甲子園に来て開き直ったのか、イレギュラーノッカー鈴ちゃんの繰りだすイレギュラーノックに早雲が唸《うな》る。

「やはり……監督は鬼だ」(早雲、かなり重点的にやられたからね)

「あのぅ、監督。ノック代わりましょうか。また、腰を痛めたら大変ですから」

コンガリ杉山さんが何気なさそうに申し出る。さすが、キャプテン。何気なさそうでありながら、実に計算され尽くしたタイミングでの提案だった。

「そっ、そうだね。頼もうかなぁ」

鈴ちゃんは大きく息を吐いて、杉山さんにバットを渡した。おれたちも、一斉に安堵の吐息を漏らす。バットを渡され、杉山さんは眉を顰めた。

「監督、だいじょうぶですか。腰、痛そうですけど」

「うん。さっき、変な捻り方しちゃって。ハッハクション。うへっ、クシャミをしたら響くよ」

「ベンチで休んでた方がいいんじゃないんですか。開会式に寝込んだりしたら辛いですよ」

「うん、そうだね。休ませてもらおうかな」

「そうしてください。後はおれたちでやりますから」

「うん。頼むね。ほんと、みんな頼りになるなあ」

「おだいじに。身体をなるべく冷やさないようにするんですよ」

「はい、そうします」

「温かい飲み物をゆっくり飲むと身体の内も温まります。間違っても冷たいジュースとか飲まないように。それでなくても、冷え込んできてるんですから」

「はい、わかりました」

キャプテンと監督ではなく、世話好きおばちゃんと近所の素直な高校生然とした会話を交わした後（杉山さんって、コンガリ焼けているだけじゃなくて、けっこう世話やきでもある)、杉山さんはまともなノックをするために打席に立った。鈴ちゃんはクシャミを連発し、かつ、腰を押さえつつベンチへと戻って行く。途中で足を止め、振り返り、よたよたしながらマウンドへとやってきた。

「山田くん」

「はい」

「甲子園のマウンド、どう?」

腰を押さえたまま、鈴ちゃんがおれの顔を覗《のぞ》き込む。眼鏡の奥で一良ほどじゃないけれどぱっちりした眼がおれを見詰める。

甲子園のマウンド、どうだろう。

おれは改めて、視線を巡らせる。そして、改めて思う。

美しい場所だ。

ここに来るまでは甲子園って、もっと猛々《たけだけ》しいイメージがあった。それなのに、今、おれの眼前に広がる風景から感じるのは猛々しさでも雄々しさでもなく、もっと女性的な嫋《たお》やかさだった。グラウンドに一歩踏み出したとき、身体の芯にズンと響いてきた迫力や圧力がすっと薄れたとき、甲子園は美しく嫋やかな一面をおれに見せてくれたのだ。

霧が晴れたら、そこに立っていたのは屈強な戦士ではなく、絶世の美女（ぽっちゃり型）だったという感覚だ。

不思議な場所だよね。

おれなんかには正体が摑めない不思議な場所だ。

「どう？」

鈴ちゃんがもう一度、問うてきた。

深呼吸を一つして、答える。

「きれいで静かなところだと思います」

鈴ちゃんが笑った。薄笑いでも照れ笑いでもない。会心の笑みとでも言うのだろうか、心底から湧きあがってきた笑顔だった。

「そうか。きれいで静かか」

眼鏡を押し上げ、鈴ちゃんは笑顔のままうなずいた。

「早く、投げたいね」

「はい」

「鼻の中がむずむずしない？」

「鼻の中はしません。指の付け根あたりは、します」

「うん、指ね。そうだろうな。ふふ、山田くんのピッチング、楽しみだよ。ほんとに、わくわくするぐらい楽しみだ。試合の前はわくわくし過ぎて、眠れないかも」

鈴ちゃんの双眸《そうぼう》は、心内の高揚そのままにきらきらしていた。

大いなる楽しみ、大いなる期待、大いなる希望、そんなものに裏打ちされた煌《きら》めきだ。

「監督、それ、遠足を前にした小学生の科白ですよ」

「いや。大好きなアイドルのコンサート前日のファンの心理かな」

「ファン？」

「そう、ファン。ぼくは、さいとう高校野球部のみんなの一番のファンだから」

「監督、おれらのファンなんですか」

「そうだよ。ファンなのにベンチの一等席で、みんなの試合を見ることができる。こういうの役得って言うのじゃ……クエッション、クエッション」

鈴ちゃんが大きなクシャミを連発する。鼻水が飛び散った。

「ああ、ごめん」

ポケットからあの《愛の巣窟》ティッシュを取り出し、鈴ちゃんは鼻をかんだ。そのまま、また、ポケットにしまう。

その頭上を杉山さんの外野へのノックが飛んでいった。山なりの弧を描いたライトフライだ。

「どうしたら、あんな風にまともに飛ぶ球が打てるんだろうね」

鈴ちゃんはちょっと哀しげに肩を落とした。それから、ベンチへと去っていった。

ぼくは、さいとう高校野球部のみんなの一番のファンだから。

後ろ姿を眼で追いながら、鈴ちゃんの言葉を噛みしめる。

そうか、鈴ちゃん、おれたちのファンだったんだ。

おれはもう一度、視線を巡らせる。

この美しく嫋やかで静かな場所が試合の日、どんな風に変化するのだろうか。それとも、変わらぬままだろうか。

どちらにしても最高のピッチングを見せてやる。

鈴ちゃん、楽しみにしといてください。

おれは胸を張り、空を見上げた。

曇天の空を杉山さんの打ったボールが過ぎって行く。白い光のようだった。

さいとう高校野球部の甲子園初戦の日程が決まった。
大会二日目、第二試合。
いよいよ、おれたちの甲子園が始まる。
始まるところで悪いけど、今回はここまで。
では、ダ・スヴィダーニャ。

ついにさいとう高校甲子園編、語る時がきたぜ。

その七、おれ、甲子園のマウンドに立ちます。しかし、その前に意外な人に会いました。

人生というものは、実におもしろい。不思議と興奮と驚きに満ちている。まだ、十六年ぐらいしか生きてないけれど、しみじみと感じてしまう。

と、いうのは……。

甲子園の開会式リハ、退場した後、みんなと「いよいよだなあ」「いよいよだ」「おれ、いよいよしてきた」「いよいよしてくるって、どんなだよ」「そりゃあ、お祖母ちゃんのシワシワの手で背中の痒いところを掻いてもらってる気分的なもんだな」「それ気持ち、いいのかよ」「もう、最高。指の皺でかゆーいところをすうって擦《こす》られたりしたら、もう蕩《とろ》けちゃうよ」「ちょっとエロっぽくねえか」「いよいよってのは、エロっぽいんだよ」「いよいよがか？」「そうだよ。いよいよ、いよいよって続けてみろよ。なんか、エロっぽい気分になるぞ」「おまえら、甲子園に来てまでエロ気分になるな。大会期間中は、そっちにエネルギー使うなよ」「いよいよ甲子園だからなあ。あぁお祖母ちゃん」「いよいよもお祖母ちゃんも、忘れろって」などという、高尚とはかけ離れた男子トークを繰り広げていたとき、背後から声をかけられたんだ。

「オユサク？　オユサク、だよな」

振り向くと、薄い灰色に縦縞のユニフォームが立っていた。いや、ユニフォーム姿の選手が立っていた。

でっかい。

上背《うわぜい》はおれと同じぐらいだが、全体にがっしりしていて安定感が半端じゃない(あ、でも、おれ、着痩せするタイプなんだ。ひょろっこいようで裸になると意外に筋肉ありますみたいな。そのうち、シャワージェルのコマーシャルに起用されるかも。おれとしては、温泉町の観光ポスターがいいけどなあ。硫黄の香りのする露天風呂に浸かり空を見上げているおれ。うーん、絵にな……らないか、やっぱ。おれ調子に乗ると、ナル〔シスト〕っぽくなるんで気をつけます)。

うーん、いいガタイだ。

けど、誰だ？

こいつ、今、オユサクって言わなかったか？　オユサクって、おれの小学校のときの渾名なんだけど、なんで、こいつが知ってる？

時間にして数秒だったと思うが、おれの頭の中で「？」が渦を巻く。だって、目の前のガッシリくんに、おれ、まったく見覚えないんですから。

「あれ？」

ガッシリくんが首を傾げる。

「勇作だろ？　山田勇作」

「そうだけど……」

おれも首を傾げる。そのとき、やはり背後で「うわっ」と歓声があがった。鈴ちゃんがぴょんぴょんと弾むように（ほんとうに弾んでいたかもしれない）前に出てくると、突如《とつじょ》、ガッシリくんの手を握ったのだ。

「うわっ、うわっ、うわっ。三郷《みさと》くんだよね。東晋館《とうしんかん》高校の」

「はい……そうですが」

「うわっ、うわっ、嬉しいな。今大会注目の右腕にこんなところで会えるなんて、奇跡だ。すごい偶然だ。よろしく、よろしく」

「い、いや。こんなところって……」

ガッシリくん、やや引き気味になる。

こんなところって、ここ甲子園ですから。んでもって、おれ、高校球児で選抜大会の開会式リハ済ませたばっかですから。ここ以外のどんな場所より、会う確率高いと思いますけど。

ガッシリくんの「……」部分を言語化すると多分、右のようになると思う。

そうだよ、鈴ちゃん。甲子園で高校球児に出会うなんて、さいとう市営栗々公園(くりくりこうえんと読みます)の池で食い意地の張った鯉《こい》に遭遇するのと同じだからね。

それにしても、みさと? とうしんかんこうこう?

む、むむむ、むむ。その名前、何か新聞で読んだ覚えがある(意外かもしれないけど、おれ、けっこう新聞読むの好きです。ニュースとか悩み相談とか特集とか四コマ漫画とか小説とか、ごちゃごちゃいろんなものが載っていて、お得感があるんだよな)。あ、そうそう、そうだ、梅乃だ。おれ以上に新聞好きな梅乃(あいつの場合は活字全般が好きみたいだ)が、『センバツ特集・出場高校の素顔』って特集記事の載った●●新聞を「さいとう高校が載ってるよ」と渡してくれたんだ。

見開き二ページを使って四校の野球部が紹介されていて、右ページにさいとう高校と東晋館高校が並んでいた。

初出場校と古豪。甲子園に向けて。

なんて見出しがついていたと記憶している。

「何か同じ野球部とは思えないね」

梅乃がやや遠慮がちに呟いた。うむと、短く答えるしかなかった。

それぞれの練習時の写真が大きく掲載されていたのだが、確かに違いが際立つ。というか、違い有り過ぎだろう、これ。

東晋館の写真はノックの最中のものらしい。ユニフォームの前を黒く汚した選手が横っ跳びにボールに食らいついている。いかにも高校野球の練習風景といった感じで、写真の向こうから掛け声や熱気がリアルに伝わってくる。さいとう高校は……。

談笑していた。

コンガリ杉山さんと一良、後ろ向きの早雲に伊藤さん、鈴ちゃんそして、おれ。この六人が楽しげにしゃべっている。鈴ちゃんは監督っぽさゼロだから、怠け者の野球部員たちが男子トークを繰り広げているとしか見えない。

「さいとう高校、ちょっとのんびりしすぎじゃない」

「いや、これは撮り方に問題があるだろう。何でこのアングルで写すかなあ」（早雲は、後ろ頭と背中の一部しか写っていなかったことに、おおいにむくれていた）

「他の写真も似たり寄ったりだったんじゃない」

梅乃がくすくすと笑った。

まあそれやこれやで、東晋館高校の名は記憶に残っている。

「いやあ、ほんとに嬉しいな。よろしく、よろしく」

「はあ……」

ガッシリくんは鈴ちゃんにがっしり手を握られ、上下左右に振られ、戸惑いの表情を強くする。救いを求めるようにおれをちらっと見てくる。

うん？　この眼つき、気弱そうなこのちら見には、覚えがあるような気がしないでもないような気がする。

「あーっ、ヒースケじゃないか」

一良が肩をぐるぐる回しながら駆け寄ってきた（何で、肩回しなんかやってんだろうな）。

「ヒースケ、久しぶりだな」

「おう、いっちゃん、懐《なつ》かしいぜ」

ガッシリくんは一良とがっしりと抱き合おうとしたが、鈴ちゃんに手をがっしりと握られたままなものだから、片手だけしか動かせなかった。

自由になる片手を一良の肩にのせ、ガッシリくんが笑う。うっ、この目尻のきゅっと下がる、ギャグ漫画のオヤジみたいな笑い顔は……もしかして、もしかして。

「ヒースケかあっ」

「オユサク、やっとわかってくれたかよ」

ガッシリくん、いや、ヒースケがさらに笑った。嬉しくてたまらないって笑みだ。その笑みパワーの為せる業か、鈴ちゃんに握られていた手を振りほどき、両手でおれの腕をばんばん叩いてきた。

「オユサク、おまえ、もうほんと薄情だぞ。知らん顔しちゃやって」

「わかんなかったんだよぉ。全然、わかんなかったんだよぉ」

「いっちゃん、直ぐにわかったじゃねえか」

「一良はむちゃくちゃ視力がいいんだ。百メートル先で日向ぼっこしている犬や猫の性別がわかるんだぜ」

「犬はわかんねえな」

「ぎゃはははは。相変わらずだな、おまえら」

「わはははは。相変わらずなんだよ、おれたち」

「あのぅ、お取り込み中、申し訳ないんですけど……」

鈴ちゃんが腰を屈め手を揉みながら、割って入ってきた。

「山田くんや山本くんは、こちらの三郷くんとお知り合いなんで？」

「あっ、小学校の同級生です。地元のチームで一緒に野球やってたんです」

一良の説明に鈴ちゃんの黒眼がくるんと動いた。

そう、ヒースケこと山小路《やまこうじ》久志《ひさし》とは同じ小学校で、一年、二年、四年と同じクラスになった。同じ野球チームにも入って、けっこう仲が良かった。ヒースケはおれより頭一つ分小さくて、一良より一回り細かった。運動神経は良かったけど気が弱くて、コーチのおじさん（大学生だったから、今から思えばオニイサンに近かったんだよな）に大声で注意されただけで、半泣きになっていた。笑うと目尻がきゅっと下がって、ギャグ漫画風になるから、おれは本気で何度も「ヒースケ、泣くより笑う方が絶対にかっこいいよ。笑い顔、よく似合うから」なんて忠告をしたものだ。

うん、おれ、ヒースケの目尻の下がるギャグ漫画風笑顔が、好きだったんだ。

ヒースケは四年生の冬、突然、転校してしまった。両親が離婚して母親の実家のある遠くの県に引っ越したのだと聞いたのは、ずっと後になってからだった。ヒースケからは手紙も電話もなかったし、おれたちはヒースケの住所も電話番号も知らなかった。

ずっと音信不通だったのにここで会うなんて、甲子園でお互いユニフォーム姿で出会うなんて、なんかすごい。

「おふくろが三年前に再婚してさ、また、苗字《みょうじ》が変わっちゃって、また引っ越して。何か激動って感じで。オユサクやいっちゃんに連絡したかったんだけど、何か気が引けちゃって」

ヒースケが気弱な笑みを浮かべる。

「でも、野球、続けてたんだ」

おれは信じられないぐらいがっしりしたヒースケの胸を、指でちょこんと突っついた。

「うん、続けてた。オユサクたちも続けてたんだよな。新聞見たら、おれらの学校と並んで、さいとう高校が載ってて写真の中にオユサクといっちゃんがいて……。

おれ、もうむちゃくちゃコーフンしちゃって、甲子園出場が決まったときよりコーフンした感じだった」

「だよな。おれも今コーフンの絶頂だぜ」

「オユサク、もっとコーフンすることがあるぞ。おれの新しい親父、片山津《かたやまづ》温泉で旅館をやってんだ」

「な、なにーっ。片山津だぁ」

加賀《かが》市の北端、霊峰白山《はくさん》を望む温泉、片山津。

湯は含塩化類弱塩類泉。無色透明。七二・五度の高温泉だ。承応《しょうおう》二年、時の藩主前田利明《まえだとしあき》が鷹狩りに訪れた際、湖中に湧く温泉を発見したのが始まりと言われている。

北陸の名湯だが、おれはまだ行ったことがない。

「オユサク、相変わらず温泉命の人間なんだろ」

「あたぼうよ。こちとら、温泉に命を張ってんだ」

「だったら、一度、遊びに来いよ。ちっちぇえ旅館だけど、露天風呂付きの離れがあって、わりに人気なんだ。けっこう美味いよ、料理」

片山津温泉。露天風呂付き離れ。美味しい料理。

「あっ、それに、離れの部屋には牛乳のサービスがあるんだ。冷蔵庫のビン牛乳、飲み放題」

あ、あああ、ビン牛乳飲み放題、露天風呂にゆっくり浸かり、汗ばむほどに温まった後、裸のまま一気に冷えた牛乳をあおる。しかも、ビンで。

あ、あああああああ、最高だ。あまりに理想的過ぎてこの世のものとは思えない。おれは、これから桃源郷《とうげんきょう》、夢のワンダーランドに迷い込もうとしている。

「勇作、勇作、しっかりしろ。幽体離脱《ゆうたいりだつ》しかかってるぞ。おーい、現実に帰って来ーい」

一良の呼び声に、我に返る。

「ここは甲子園だぞーっ。露天風呂も牛乳もないからな。わかるか、勇作」

「牛乳は売店に売ってるけど」と、ヒースケ。

「甲子園牛乳か。記念に買っとこうかな」と、一良。

「いや、フツーの紙パックの牛乳だったぞ」

「それはいささか興醒めだな」

「まったく。せめて、パックを虎縞模様にはすべきだ」

「牛柄じゃなくて？」

「やっぱ、甲子園だからなあ」

一良とヒースケが真顔でうなずき合う。

「あのぅ、お取り込み中何度もお邪魔しますが」

鈴ちゃんが揉み手をしながら再び口を挟んでくる。

「わたくしめを三郷くんに紹介して頂けませんでしょうかねえ。へへへ、どうぞよろしゅうに」

「あ、そうか。ヒースケ、うちの鈴ちゃ……鈴木監督です」

「へっ、監督？」

ヒースケが僅かに口を開いた。

「監督？」

と、もう一度繰り返し、まじまじと鈴ちゃんを見詰める。

戸惑いが露骨に顔に出ていた。

だよね、戸惑うよね。鈴ちゃん、高校野球の監督像からあまりにかけ離れてるもんな。普通、監督って他校の選手に会って騒いだりしないもんだよなあ。「よろしく、よろしく」なんて満面笑顔で言わないもんなあ。どんなでっぷりしたオッサン監督でもユニフォームが様になってるもんなあ。厳《いか》めしいというか鋭いというか、勝負師の雰囲気を漂わせてるもんなあ。

でも、ヒースケ、これが我がさいとう高校野球部の監督、おれたちの監督なんだ。

「おい、三郷。何してるんだ」

遠くから野太い声がヒースケを呼ぶ（もっとも、周りには野太い男の声ばかりが渦巻いてるんだけど）。

「あ、おれ、もう行かなくちゃ。オユサク、いっちゃん、また会おうな。今度は携帯のアドレス、教えるから」

ヒースケはひらっと手を振ると、ユニフォームの群れに紛れていった。その背中にはエースナンバーが貼り付けられていた。ヒースケの後ろ姿を見送りながら、鈴ちゃんが唸る。

「小学生のとき共に野球をやった友人と甲子園で巡り合う。うーん、実に劇的な展開ですねえ」

「ですねえ」

おれと一良は、深くうなずいた。

本当に劇的だ。こういうことって、人生にはあるんだな。

「ふふふ、うちと東晋館が勝ち続ければ、どこかでぶつかる。子どものころ共に野球を楽しんだ少年たちが、ここ甲子園でぶつかるわけです。三郷くんと投げ合う山田くん、それをリードする山本くん、そしてバッターとして打席に立ったとき、三人は果たして何を思い、バットを握るのか。うーん、ドラマだ。さっきの、あの三郷くんの一言『また会おうな』。あれは、今度はグラウンドで勝負だ、そのときは全力でぶつかっていく、そして、勝つ。って三郷くんからの挑戦なんですよね。うーん、熱い。さすが甲子園だ」

「でも……携帯のアドレス教えるとか言ってましたけど」

一良が、遠慮がちに鈴ちゃんの妄想を軌道修正する。

「うん。たぶん、ヒースケはおれたちと勝負するよりしゃべりたいんじゃないですかねえ」

おれも、遠慮がちに付け加える。

「あ、そうなの。現実ってわりに淡泊だよね」

「まったく。熱いドラマはそうそうありませんねえ」

「まあ、あまり熱いのも、意外に鬱陶しいもんだからね」

「そうです、そうです」

「けど、三郷くんはいいピッチャーだよ」

不意に鈴ちゃんが話題を変えた。

「ストレートの速さは百五十キロを超えるし、変化球のキレもいい。とくに、フォークの威力は相当なもんだ。本格派の右腕だよ」

とたん、空気が緊張する。一良が眉を強く寄せた。

「打ち崩すのは難しいってわけですね」

「立ち上がりを逃すとね。三郷くんって調子を摑むのにちょっと時間が必要なタイプみたいだから、それまでに畳みかければ、案外、あっさり崩せるかも」

「なるほど。とすれば、一、二回が勝負ってことか」

「うん、そう。東晋館は打撃より守備のチーム。少ない得点を守りきって勝つという試合運びが多いんだ。リリーフ陣も揃っていて投手力が安定してるし、ここ数年の主だった試合ではエラーを一つも出していないはずです」

一良の眉が今度はひくりと上がった。

「エラーが一つも無い。そりゃあすごいな」

「うん。ピッチャーの守備陣に対する信頼は相当なもんだろうねえ。その信頼関係が、東晋館の一番の強さかもしれないよ」

鈴ちゃんは、おれに向かってにっと笑った。

「さて、山田くんはどうかな？」

「バックを信頼してるかってことですか」

「うん。山田くんから見て、どうだろうね、うちの守備陣」

「最高です」

おれは、いささかも躊躇《ちゅうちょ》しなかったし、いささかの嘘もつかなかった。マウンドに立てば前に一人、後ろに七人の野手がいる。さいとう高校の守備陣がエラーを一つもしないなんて断言できない。でも、信頼している。このメンバーならめちゃくちゃにおもしろい野球ができると、請け合える。

甲子園まで来たんだ。

試合には勝ちたい。勝ち続けたい。優勝したい、酸ヶ湯を満喫したい（別に、混浴がらみの満喫じゃないからね）。そんな欲望、野心はおれの中にどーんとある。でも、それ以上にここまで来たからには、楽しみたい。野球をたっぷり楽しんで帰りたい。そんな心境なんだよな。

さいとう高校の面々となら、その望み叶《かな》うんじゃないかな。いや、きっと叶う。

鈴ちゃんは、よかったぁと胸をなで下ろした。

「エースがそれだけ言い切れるなら、今度の試合、勝ったも同然です。ただ……東晋館のことで一つだけ引っ掛かりが」

「え？　なんすか、それ」

「東晋館は片山津温泉から約二十キロ西にある私立校です。野球部創設は昭和二十年代で、半世紀以上の歴史があり、甲子園出場も春夏合わせて実に十一回という古豪です」

「ふむふむ」

「練習環境もなかなかに整っているようですが、一番注目すべきはランニング温泉と、ぼくは睨んでるんだけど」

「なんすか、それ」

おれは思わず身を乗り出した。

「週に二度、片山津まで二十キロの道をランニング。そのまま温泉にぼちゃん」

「な、なに。ランニングの後に温泉ぼちゃんだと」

「しかも貸切。地元の観光協会が東晋館のために、特別に旅館持ち回りで風呂場を提供するんだそうです。しかものしかも、レギュラーはプロのマッサージ付き。他の部員はマッサージチェアでもみもみのみだとか。この待遇の差が、選手たちの練習のモチベーションをかなり押し上げているらしいよ」

「う、ううう。信じられない。何て恵まれた環境なんだ。羨ましすぎる」

「でしょう。ランニング温泉を敵に回すとなると、こちらも相当の覚悟がいりますよ」

「くそうっ。憎き、東晋館。温泉にそこまで寄り掛かりおって。このおれが、目にもの見せてくれるわ」

　こぶしを握る。

たぶん、今、おれの目の中では炎が燃え盛っているだろう。

「それでこそ、さいとう高校のエース。がんばれ、温泉格差なんてぶっとばせ」

「おう、監督、任せてください」

「いや、いやいや、ちょっと待て、待ってください」

一良は、おれたちの間に割って入ると、右手をばたばたと振った。

「監督、おれたちの第一戦の相手って、岐阜《ぎふ》の山戸《やまと》学園じゃなかったですか」

「そうだよ。明後日の第二試合。わくわくするね」

「わくわくしますけど、今のとこ、東晋館、関係ないですよね」

「う……まあね。で、でも、どこかでぶつかるかもしれないし」

「今のとこ、東晋館、関係ないですね」

一良の声が低くなる。

「はい……ありません」

鈴ちゃんは肩を竦め、目を伏せた。

「まずは、東晋館より山戸学園との試合について考えてください」

「はい」

おれは息を呑み、鈴ちゃんに詰め寄った。

「監督、まさか、山戸学園は下呂《げろ》温泉の近くにあるのでは」

「いや、山戸は岐阜市のど真ん中にあったと思うよ。練習に温泉は取り入れてないはず。バランスボールを使ったりはしているみたいだけど。こっちは、なかなか打線が粘っこいんだよね。一番から六番まで、打率にあまり差がなくて、みんなパワーがあるんだよねえ。ただ、東晋館とは逆で、守りのミスはわりに目立つかな。先発も二本立てになってるけど、どちらも似たタイプのピッチャーで速球主体のいいピッチングをするかな。全体的に荒っぽいけど、破壊力もあるってチーム。今どきのチームにしては珍しいよね。まっ、そういうチームの攻略法についてはみんなで考えようよ、ね」

鈴ちゃんは、そこでクシャミをした。《愛の巣窟》ティッシュを取り出すと鼻をかんだ。

「さいとう高校、集合」

杉山さんの声が響く。

「はいはい、今、行きまーす」

律儀に返事をして、鈴ちゃんは杉山さんの許に走った。

「鈴ちゃん、すげえな」

一良が呟く。

「うん。堂々と《愛の巣窟》ティッシュを使ってるな」

「そこじゃなくて、もしかして、出場校全部のデータがびっちり頭に入ってんじゃねえのか」

「まさか」

「でも、そうでないと、あんなにすらすら出てこねえだろ。山戸はともかく東晋館は、とりあえず、今は対戦相手じゃねえんだし」

「そうかぁ。そう言われればそうだな。さすが元敏腕マネジャーってとこか」

「だな。けど、データだけじゃ野球は勝てない」

「もち、勝てない」

「けど、おれたちは勝つよな」

「もち、勝つ」

負けるわけがない。

おれの中でドーンと音がした。

何の音だろう。わからない。

でも、その音と共におれは確信していた。

そうだ、おれたちが負けるわけがない。

腹の底から力が湧いてくる。

どういう現象なんだろうな、これ。でも、悪くはない。

勝てると思う。

早く投げたい。マウンドが恋しい。肩がむずむずする。

「いい調子だな」

一良が怪しげな笑みを浮かべた。

おまえのことなら、全てお見通しさ。そんな笑みだ。いつもは見透かされた気がして腹が立ったりもするのだが、今は、頼もしく見える。そう、こいつはおれのこと、ちゃんとわかってんだって。

うんうん、悪くはない。

下呂温泉、どんと来いだ（下呂、関係ないか。因みに、下呂は江戸時代の儒学者林羅山《はやしらざん》が有馬、草津《くさつ》と並ぶ三大名湯にあげている。アルカリ性単純温泉で八十度以上の高温泉だ。しばらく浸かっていると肌が滑々《すべすべ》になると梅乃とおふくろが喜んでいた）。

大会二日目、第二試合。

さいとう高校対下呂温泉……じゃなく、山戸学園の試合は午前十一時十分に始まった。

おれたちが後攻となる。つまり、おれは試合開始と同時に、甲子園のマウンドに立ったわけだ。

すごい場所だった。

甲子園に渦巻く全てのものが、マウンドに集まり渦を巻いている。

それは錯覚だろうか。光が音が声が、うねりながらぶつかってくるようだ。

三塁側のスタンドには、さいとう高校の応援団がどどーんと陣取っていた。山田一家も山本一家も勢揃いしている。

「あの、横断幕、おれ恥ずかしいんだけど」

試合前におれは一良にそっと打ち明けた。
四、五メートルはありそうな白い横断幕に『頑張れ、勝利へ飛べ。さいとうナイン』と見事な毛筆で書かれている。一良の親父さんの手跡《しゆせき》だ。それはまあいいんだけど、何であちこちに栗のエンブレムがくっついてんだ。しかも、大人のこぶしぐらいありそうなでかさで。もう一つしかも、その栗にはぱっちりした目と山形の眉毛が付いている。あれ、どう見ても『山田マロン食品』のイメージキャラ、くりくりりりんちゃんでしょう。
親父、こんなとこで商売気出すなよ、恥ずかしい。

「いや、あれは勝栗を表してんじゃねえか。要するに、縁起物だ。親父さんなりに精一杯、応援してくれてんだぞ」

「そ、そうかな」

「何でも好意的に考えなくちゃな。試合前は特に、御仏のような心持ちでお過ごしなされ」

「一良、ご住職に感化されたな」

「いやいや、くりくりくりりんちゃんなんか可愛いから許せるって話だ。それより、見ろよ、うちの校長」

「校長？」

さいとう高校の校長は薄灰色に黒色のピンストライプのびしっとした背広姿で応援団のど真ん中に座っていた。ネクタイは複雑な文様が絡まった鮮やかな赤だ。

「あの背広、アルマーニらしいぞ」

「アルマーニ？」

「ブランド物だ。あそこまで、決めてくることないと思うけど。あれは、絶対にテレビカメラを意識してるな」

「うちの校長なら完璧、そうだろうな。あっ、鏡を出して髪形チェックしてるぞ」

校長の後ろには、前キャプテン井上さんが、その横には、お菓子作りの天才にして元副キャプテンの木下さんが座っていた。二人とも、応援団用のオレンジ色のウインドブレーカーを着こんでいる。

「さいとう高校、がんばれーっ」

井上さんの大声が響き渡る。

校長が耳を押さえて、倒れ込んだ。木下さんは耳栓《みみせん》をしていたらしく、落ち着いている。さすがだ。

ホームベース前に集合する。

山戸学園の選手たちと向かい合う。

帽子を取り、深々とお辞儀をする。

帽子を被《かぶ》ったとき、

「始まるぞ」

一良が言った。それから、おれの尻をぱしりと叩いた。

「行け、勇作」

「おう」

おれはマウンドに走る。

おれのためのマウンドだ。

「ひゃっほう、サイコー」

早雲が嬉しげに一塁ベースをすっと撫でる。

おれも、投手板に指先で触れてみた。

うん、最高だ。

ここに集まる光も音も全てを受け止める。

おれは大きく息を吸い、白いボールを握り締めた。

いいとこなんだけどごめんね。今回はここで。ダ・スヴィダーニャ。

さいとう高校甲子園編、スタートだ。ごめんね、またせて。

その八、春の甲子園、マウンドから実況中継です。って、正直、そんな余裕ありません。

ど真ん中ストレート、一五〇㎞／h。

どんぴしゃ決まった。

一良のミットにおれの一球が吸い込まれ、小気味良い音をたてた。

歓声が沸き上がる。

一良がマスク越しに、にやりと笑った。

というのが、おれがさっきまで描いていた〝山田勇作くん、甲子園デビューの図〟だったんだけど、現実ってのは甘くない。甘くないというより、激辛だ。さいとう駅前商店街（激美味コロッケの猪野熊精肉店のある、そして、例の春福引で二等に羽合温泉ペア宿泊券を設定してくれた粋な商店街だ）のラーメン屋『ぽんちょ』で、〝二十分以内に食べ終えた方に三万円相当のさいとう駅前商店街商品券を贈呈〟とされる、かの、伝説のラーメン『本場キムチ＆唐辛子ソース＆辛子味噌たっぷり発汗ラーメン』に匹敵する辛さだ。

ちなみに、おれ、基本的に辛いの苦手です。カレーもちょい甘口が好きです。だから、発汗ラーメンに挑戦するなんて端《はな》から考えてもいなかった。一良も「練習で相当、汗、かいてんのにこれ以上発汗したくねえ」とパス。で、早雲とポポちゃんが果敢に挑んだんだけど、あっさり負け戦となった。

早雲は三口目でGive upした。ポポちゃんは、顔中から汗を滴らせながら奮闘した。しかし、残念なことに、完食のかなり手前で意識朦朧《もうろう》……とはなっていなかったが、ドクターストップがかかったのだ（たまたま、客の中に『森田《もりた》子ども病院』の森田先生夫妻がいて、「おいおい、田中くん。もう止めといた方がいいぞ」と先生が止めるのに、奥さんが相槌《あいづち》をうった。「ほんとよ。若いときにあんまり辛い物食べてると、精子が縮んじゃうわよ」「えっ？　そうなのか。そんな学説、おれ知らんぞ」「昔から言われてんの。ほら、田中くん、あなたの精子のために無理しちゃだめよ」。ここでポポちゃんは、無念の表情を浮かべつつ箸を置いた。現役高校生男子にとって、「あなたの精子のため」の一言ほど重いものがあるだろうか。それは、ときに空腹よりプライドより遥《はる》かに重大でありうるのだ。だから、まあ、ポポちゃんはセコンドからタオルを投げられたボクサー状態での敗北だったんだな。おれたちが、その健闘に惜しみない拍手を送ったのは言うまでもない)。

うん？　おれ、ボクシングの話をしてるんじゃないんだ。激辛ラーメン……でもなくて、甲子園のマウンドでの激辛な現実について語ってるわけです。語るほどのゆとり、ないんだけどね。

甲子園でのおれの第一球、暴投でした。誰がどう見ても、暴投としか言いようのない暴投です。一良がほぼ真上に跳び上がり、腕をいっぱいに伸ばし、辛うじて捕球する。一良の跳躍力と身長と腕の長さがなかったら、たぶん、ミットを掠《かす》めて、後ろに転がっていたと思う。

歓声ではなく、ちょっと暗めのどよめきがおれを包んだ。

二球目も外れた。

今度は、打者の手前でワンバウンドしちゃったのだ。

え？　なに？　どうなってんだ？

再びのどよめき。前のものより、幾分、いや、かなり暗い。〝おい、あのピッチャーだいじょうぶ?〟、〝うわぁっ、見てて冷や汗、出まくりだぜ〟的な不安や緊張がびしばし伝わってくる。けど、誰より不安で緊張しているのは、おれだ。

ひえええっ、ストライク、入んないよう。

前に鈴ちゃんから、山田くんは実戦向きのピッチャーなんです云々と褒められて(鈴ちゃんは、基本、褒めの人です)、嬉しかったことを思い出す。

嬉しい思い出なのに、今は苦い。

甲子園での第一戦なんて、実戦も実戦、キング・オブ・ジッセン(英語、知らないんで。Real game でいいんだろうか。どうでもいいけど)じゃないか。なのに……。

ストライク、入んないよう。

全然、実戦向きじゃねえよう。

このまま押し出しで先取点やっちまったら、どうしよう。

一良が、肩を上下させ、首を左右に傾け、胸を二度叩き、指で丸を作り、おいでおいでと手を振り、鼻を穿《ほじ》くる真似をする。

力み過ぎ。力を抜け、バカ。深呼吸しろ、深呼吸。この前、貸した五百円、早く返せよ。

というブロックサインだ。最後の鼻穿くりサインがイマイチ理解不能、意味不明。

一良のアドバイスに従い、大きく息を吸い吐く。ちらっとベンチに目をやると、鈴ちゃんも深呼吸をしていた。

「やぁまだーっ。おちつけーっ」

井上さんの大声が響き渡る。

あぁ、哀れな校長先生、きっと失神してるだろう。確かめる余裕なんて、まるっきり残ってない。焦りまくっているおれの耳に、それでも井上さんの気魄のこもった一声は、届いた。

そう、落ち着かなくちゃ。落ち着かなくちゃ。

もう一度、深呼吸をして、構える。

落ち着け、落ち着け、一良のミットだけに集中するんだ。

振りかぶり、踏み込み、腕をしならせる。

真っ直ぐに走ってくれ、おれの硬球ちゃん。

頼む。

頼む？　おれ、ボールに縋ってんのか。それ、駄目じゃん。

投げた瞬間、やばいと感じた。とことん凍《い》てついた風が脳味噌の真ん中を通り抜ける。そんな感覚がした。

インコース、低めのストレート。一良が要求してきたコースより僅かだがボールが浮いた。浮いたことをはっきりと自覚できる。

音が鼓膜《こまく》に突きささってきた。

ミットがボールを捕らえた……音じゃなく、バットがボールを弾き返した音だ。

とっさに空を仰いだおれの頭上を、硬球ちゃんが飛び過ぎていく。

ああ、無情。完璧、ふられた。

「勇作くんなんか、大嫌い。顔も見たくない」

彼女が捨て台詞を残して、駆け去る。駆け去るなら、せめて三遊間を抜く程度にして欲しかったのに、彼女、レフトスタンドに飛び込んでしまった。

なんてこった。

おれはマウンドの上で半分白くなった頭（髪じゃなくて、意識のことだよ）をゆっくりと回した。脳味噌が干からびて、からから音をたてている感じがする。

カラカラカラン。

甲子園の大舞台で先頭打者ホームラン、くらっちまった。これって、最悪のパターンで……。目が合った。

一良とじゃない。

相手打者、つまり、おれの硬球ちゃんをレフトスタンドに叩きこんだやつ。山戸学園のトップバッターだ。

ちょっと笑えた。

あ、いや、顔の作りがどうのとかそんな問題じゃなくて、表情だ。トップバッターくんの表情が、むちゃくちゃおかしかったんだ。

ぽかんと口を開けて、目を見開いて、鼻の穴が膨らんでいる。

え？　何が起こったの？

もろにそういう顔だった。十八・四四メートル離れていても、はっきりと確認できる。

こくんと息を飲みこみ（ほんとに、こくんって感じだった）、トップバッターくんは、ゆっくりとダイヤモンドを回り始めた。

ものすごい歓声が一塁側スタンドで渦巻いた。その中をトップバッターくんは、口を半開きにしたままとことこと走る。

ちょっと丸顔で、目がくりくりしていて、可愛い。

うーん、女の子だったら、おれ声をかけちゃうかも。

「もしもし、もしもし。もーしもし。初回でいきなりホームランをかまされたピッチャーさん」

肩を軽く叩かれる。

横を向くと、一良の渋面《じゅうめん》が目の前にあった。

「うわっ、びっくりした。何で、こんなところにいるんだよ」

「いやあ、マウンドの傍を通りかかったら、偶然、おまえの姿が見えたもんで懐かしくてつい……なんて、わけねえだろう。おい、初回でいきなりホームランをかまされたピッチャーさん」

「そーいう、こっちの傷をさらに抉《えぐ》るみたいな意地悪全開の言い方、止めてもらえます」

「けっ、何が傷だよ。〝あっ、おれ、こいつが女の子だったら声かけちゃうかも〟なんて考えてたくせに」

「ひえっ。な、何でわかっちゃったんだよ」

「わかられたくなかったら、思ったことをもろに顔に出すな。まったく、好みのタイプだったら男でも女でも見境なしか。初回でいきなりホームランをかまされたピッチャーのくせに、このアホンダラ」

「言うか、そこまで言うか。あ、一良、うへへへへへ」

「……何だよ、その、キモい笑いは」

「うへへへへ、おまえ、妬《や》いてんな。いいって、だいじょうぶだって、おれ見た目ほどチャラ男じゃないから。浮気なんてしないって。信じてくれてOKだよ。初回でいきなりホームランをかまされたキャッチャーくん」

一良の眉間に皺が寄り、目尻がつりあがった。極め付きの童顔だから、クシャミを必死にこらえているアン●ンマンとしか見えない（むろん本人は威嚇《いかく》しているつもりだ）。

その表情が一瞬にして崩れ、口元に笑みが浮かぶ。ミットがおれの胸を押した。

「へぇ。初回でいきなりホームランをかまされたわりに、余裕があるんだ」

「まあな。なんつーか、すっきりした」

嘘ではなかった。

山戸学園のトップバッターの〝え？　何が起こったの？〟顔を目にしたとたん、心身がふわっと軽くなった。

みんな同じなんだ。

同じように甲子園にびびっている。竦んじゃってる。その重圧と戦っている。そして、甲子園では何が起こるかわからない。本人が〝え？　何が起こったの？〟と呆然《ぼうぜん》とすることが、まま、あるんだ。

おもしろい。最高におもしろい。

おれは、ホームベースに視線を向けた。今、まさに、かのトップバッターくんがホームインするところだ。歓声と拍手が一際、大きく高くなる。

音がうねっている。よじれながら、天へと昇っていく。

ものすごく質感があって、伸ばせば指先に触れるんじゃないか、この手で握れるんじゃないかって、そんな錯覚にさえ捉《とら》われた。

さすが、甲子園だ。

並みじゃない。

「ゆとりだね」

一良の笑みが深くなる。

「まあね」

おれも笑い返す。

「おまえら、マウンドでいちゃいちゃすんな」

早雲がファーストから駆け寄ってきた。

「わかってんのか。これ、選抜高校野球大会なんだぞ。日本放送協会、俗にＮＨＫで全国放送されてんだぞ。仮にも、公共放送の電波にのって、さいとう高校野球部バッテリーのいちゃいちゃ場面が全国津々浦々《つつうらうら》に映し出されていいと思うか。見ろ、監督だって、そーとー頭に来てるぞ」

早雲が三塁側ベンチを顎でしゃくる。

鈴ちゃんと今日はスタメン外れのポポちゃんが腕組みをして頭を傾け、互いにおでこをぶつけた後、右手首から先を左右に振っている。二人とも見事なほどぴったりと息が合っていた。

ひそかに練習してた？

「いや、あれはおそらく〝出会い頭の一発だから、気にするな〟ってサインだぜ。間違いない」

一良があっさり解読する。

「……う、まあ、そうとも見えるけど」

的を射た指摘に、早雲、しぶしぶ同意する。

鈴ちゃんが手刀を切り、揃えた指先で空に幻の線を引いた。その横でポポちゃんが、こぶしを前に突き出す。

「ふむふむ。〝これで仕切り直しだよ。がんがん行こうね〟だってよ」

一良がすらすらと解読する。

言われるまでもない。

仕切り直しだ。がんがん行く。

ふいに、鈴ちゃんがタオルを手に妙な動きを始めた。

「うん？　なになに……。オンセンノタイミングワスレルナ。えっと……あぁ、温泉のタイミング忘れるな、か」

一良がこともなげに解読する。

いや、これ、もうブロックサインとかの範疇《はんちゅう》超えてるでしょ。むしろ、手旗信号に近いんじゃないんですか？　何で、わかるんだよ。一良、おまえ、ほんとうに隠れた才能が幾つもあるんだな。ほとんどの才能が実生活では役に立たないのが、つくづく惜しいよなあ。

けど、温泉のタイミングか。

そうだ、そうだ、忘れていた。

鈴ちゃん、ありがとう。

おれはベンチに向かって大きくうなずいてみせた。鈴ちゃんが両手で大きな丸を作る。これは、おれにも理解できる。

うん、だいじょうぶだよ、鈴ちゃん。あの一発のおかげで目が覚めた。ほんと、もう、だいじょうぶだから。

「よっしゃあ、仕切り直しだ。がんがん行こうぜ、勇作」

一良と早雲が同時に、おれの背中を叩いた。二人とも容赦ない。

背骨にじんと響く。

激辛で苦くて痛い。

マウンドって、かなりサドっぽい。

一良がホームベースの向こうに座る。マスクを被る。

「山田ぁ、酸ケ湯が待ってるぞぉ」

コンガリ杉山キャプテンだ。振り向き、親指を立てる。

打席に二番バッターくんが入った。

すらっと手足が長くて、野球のユニフォームがよく似合う。山戸学園の選手はなべて細身だ。さっきの一番バッターくんもそうだけれど、ひょろりとした印象をもってしまう。威圧感がない。打たれてもたいして飛ばないだろうなんて、勝手に思い込んでしまう。思い込まされてしまう（おれに、単純に思い込み過ぎる嫌いがあるのかもしれない）。

ところがどっこい。山戸学園のみなさん、見かけによらずパワーがある。それは、さっきのホームランで証明済みだ。いくら出会い頭って言ったって、パワーがなければあそこまで飛ばない。よく鍛えられているのだ。

下呂温泉とは無縁だが、よく、鍛えられている。

ああ、そうだと、おれは唐突に思い出した。

さいとう高校での初めての紅白戦。初めてのマウンド。あのときも、おれ木下さんにでっかいの打たれたんだ。

木下さんって知ってる人は知ってるけど、すごいひょろい。高校球児というより、大病からやっと快復したものの、まだ幾つもの持病をかかえている半病人ってイメージなんだよなあ。再び、ところがどっこい、木下さんの正体は球をバットの芯《しん》で捉えることに掛けては一流のスラッガーだった。

で、おれはもちろん打たれた。一流のスラッガーに対し、ひょろいイメージ先行で投げたんだから打たれて当然だ。相手をみくびって投げた球に力がこもるわけがない。

うん、鮮やかに思い出す。

あ、でも、木下さんに打たれた後、おれ、きっちり抑えたんだよ。四番の井上さんを見事、打ちとったんだ。自分で見事とか言うの恥ずかしいけど、ここは、敢えて言ってしまう。

見事、打ちとった。

井上さんほどのバッターに投げ勝ったんだ。どんな相手にだって負けやしない。

バッターが構える。

一良がサインを出す。

インコース、低めのストレート。

さっき打たれたのと同じコースだ。

ふふん、やってくれるじゃないかよ、一良くん。

おれはボールを握り、呼吸を整える。

見せてやるぜ、山田勇作の温泉ピッチングを。

那須《なす》か（ここで足を上げる）、草津か（ここで踏み出す）、箱根《はこね》（ここで思いっきり腕を振る）、芦之湯《あしのゆ》か（ここでボールを放つ）。

「スットライク」

主審の右手が挙がる。

よっしゃあ、決まった。

と叫びたい衝動を何とか抑え込む。たった一つストライクをとっただけで雄叫びを上げるのは、さすがに憚《はばか》られる。おれって、こういうときでさえ、格好つけちゃうのな。

二球目、外角に大きく曲がるカーブをバッターがひっかけてくれた。おれの前に転がってきたボテボテゴロをすくいあげる。ファンブルしそうになったが、なんとか摑み、ファーストへ送球する。

まだ、硬さが抜け切れていないようだ。

「ワンアウト、ワンアウト」

早雲が腕を高く掲げ、指を一本突き出す。

早雲、そのパフォーマンス、ぜーったいテレビを意識してんな。

ふん、まあ、いいや。『祝、甲子園初アウト』だからね、多少の目立ちたがりパフォーマンスぐらい目をつぶろう。

むふふ、『祝、甲子園初アウト』、最高に気持ちいい。このまま、突っ走れる予感、満タンだ。

おい、勇作。アウト一つぐらいで調子に乗るな。

一良の念が届いて来る。

わかってるって、うっせーな。たかがワンアウトで、おれが調子に乗るわけねえだろうが。

ほんとかよ。このまま突っ走れるぞなんて、甘いこと考えてなかったか？

どきっ。ううう……、か、考えてなんかいないよーだ。おれだって、マウンドの激辛さ加減はわかってんだよーっ、ばぁか。

ふーん、わかってんだ。それならいいけど。いよいよクリーンナップ登場だからな。気を抜くなよ。

幼馴染バッテリーとしてずっとやってると、この程度のテレパシー的会話はお茶の子さいさいの朝飯前の夜食後だ。

さっき、山戸学園の選手はなべて細身だといったが、この三番くんはなかなかにでかい。大兵《だいひょう》ってやつだ。すみません、舌の根の乾かぬうちに、矛盾点発覚で。

井上さんほどじゃないけど、一良よりでっかい感じがする。

当たれば、当然、飛ぶだろう。

当たれば、な。

一良のサインを確認しながら、おれは胸の内で呟く。

うわっ、決まった。決まり過ぎるほど決まった。

当たれば、当然、飛ぶだろう。当たれば、な。だって。何、このあまりにピッチャー的な傲岸不《ごうがんふ》遜《そん》ぶりは。おれのキャラじゃないんだけど、でも、マウンドではこれが本音だ。

おれの球がおまえに打てるわけないんだ（ただし、出会い頭の一発除く）。ぐらいの気魄、自然とわいてくる。

そうだ、打てるものなら打ってみろ。

三番バッターくんは、打った。

意外と素直な性質なんだな、きっと。

打ったか。しかし、おれの勝ちだ。ふっ（と、胸の内で薄く笑ってみる）。ボールは今度は、三塁方向に転がった。三塁ゴロだ。

三塁の森田さんが腰を落とし、がっちりと捕球する。危なげない動きだ。そのまま、一塁へ送球してツーアウト。

となるはずが、送球がかなりそれる。早雲が飛びつき、後ろには逸らさなかったけれど、ベースから完全に足が離れた。しかも、三番バッターくん、でかい身体のわりに速い。

「セーフ」

一塁塁審のコールが何故か、ソソミレソの旋律で聞こえた。

「すまん。焦っちまって」

森田さんが帽子を深く被り直す。エラーを恥じての仕草ではなく、あくまでデコを隠すためだ。

「せっかく打ちとったのに、山田、ごめん」

「そんな、謝ったりしないでください。同じ文集係じゃないですか」

「うん、そうだな。イラストレーター志望のおれとしては、文集の表紙、精一杯がんばるから」

「頼りにしてます、先輩」

「うん、まかせろ」

頑張る方向も頼りにする向きも、かなりズレているとはわかっているが、森田さんがにやっと笑ってくれたので、問題無しだ。

チームで最初にエラーをやっちゃうのって、けっこうきつい。わりに引き摺ってしまう。

高校生のおれが言うのもなんだけど、人っていろんなものを引き摺りやすいでしょ。別にそれが悪いわけじゃないんだけど、引き摺るのって重い。で、心が重いと身体も重くなる。動きが鈍くなる。エラーが次のエラーを誘発しかねない。

ある月ある日の、さいとう高校野球部恒例ミーティングのテーマは、ずばり『エラーを引き摺らないためには――』だった。

「試合になると、たかがエラーとも言えないってことは、みんな、よくわかっているはず。そんなこと、耳にタコができるほど聞かされてきましたよねえ。この場合のタコは軟体動物で美味しい蛸ではなく、刺激の反復や局部的圧迫を受けてできる皮膚の硬くなった胼胝《たこ》のことです」

いつもはミーティングの最中に口を挟むことなんてめったにない鈴ちゃんが、ミーティングの最中にぼそっと口を挟んだ。

おれたちは、一斉に鈴ちゃんに注目。鈴ちゃんはいつもの笑顔とはかけ離れた暗いとろんとした眼つきをしていた。声も低い。どよんとした負のオーラが滲み出る。おれたち、室内に座っていた野球部全員、五センチぐらい後ずさった。そのとき、どういう弾みか……、いや、単なる偶然なのだろうが不意に電灯が消えた。いわゆる停電というやつだ。遠雷の音が微かに響いてくる。

薄暗くなったミーティングルームの中で、おれたちはほんのちょっとだけ身体を寄せ合った。

「でも、みんなのわかっているは、頭の中でのことだけに過ぎないんですよぅ〜。今、みんなの話を聞いていても、本気で〝エラー引き摺り症候群〟について考えている人は少ないようですねぇ〜。でも、怖ろしいのですよぅ〜。一度エラーをしたばかりに、ずるずると恐怖の世界に落ちて行った者をぼくは、何人も知っているのですからぁ〜。いいですねぇ〜ゆめゆめ、エラーを甘く見てはだめですよぅ〜」

おれの後ろで、誰かが「ひゃっ」と小さく叫んだ。

監督、そのヘンテコな語尾の伸ばし、必要なんですかぁ〜。

そのとき、すっと一本、手が挙がった。

「質問があります」

「え？　あ、はい。どうぞ」

鈴ちゃんの常ならぬ雰囲気に呑まれていたのか、杉山さんが慌てて応じる。

「あのぅ、監督のおっしゃった〝エラー引き摺り症候群〟とはどのようなものですか。また、恐怖の世界に落ちて行った者とは、ぼくたちの先輩に当たる方なんでしょうか。具体的にどのような事件が起こったのかもお聞きしたいのですが」

遠慮がちな口調だ。どことなく品位さえ感じる。誰だろう？

鈴ちゃんがうーんと唸った。

「そうですね、とうとう、みんなにこの話をするときがきたのかもしれません。これから話をすることは、全て真実です。みんなが信じようと信じまいと」

そう前置きして、鈴ちゃんはしゃべり始めた。その話というのが実に怖ろしく、エラーにまつわるホラーとしか言いようのない……いや、だめだ。横道エピソード禁止。

ともかく、おれたちは鈴ちゃんの話によって、エラーを引き摺る怖ろしさを骨の髄まで知ったのだった。

「エラーはしかたないんだ。それは天災のようなもので、突然にやってくるのですからねえ。どんな名手でも一度もエラーをしないまま野球人生を終えた選手はそういないと思うよ。だから、エラーを怖がる必要はまったくない。ただし、その失敗をいつまでも引き摺ることは、実に怖いんだ」

鈴ちゃんは、エラーにまつわるホラー話をこう締めくくった。その後、再び、ミーティングに移る。その議論の白熱したこと、したこと。あーだこーだ、いや違う。それなら、こうでは。でも、ちょっと待て。しかし、やはり、だから、でも、やっぱり……。一時間以上に及ぶ白熱の議論の結果、おれたちは試合中のエラーはともかくその場で一旦《いったん》、忘れようと決めた。反省するのは試合の後、試合が続いている間はどんなエラーであっても、無かったものとしよう。たとえ、そのエラーで相手に得点を与えたとしても忘れよう。無理やりにでも忘れよう。そう決めたんだ。

だから今、森田さんがにやっと笑ったのを見て、おれはほっとしたわけだ。微妙にズレた話題で気分を紛らせるこの話術、地味だけどなかなかのハイテクニックなのだ。

でも、真の正念場《しょうねんば》はここからだ。

一塁にいるランナーにホームベースを踏ませない。あと二つアウトを取り、追加点を与えずベンチへひきあげる。そこで、やっと、森田さんは安堵できるはずだ。

山戸学園の四番バッターが打席に入る。さっきの三番バッターくんほど大きくはない。ただ、構えはさすがに迫力があった。どっしりと落ち着いて、安定感がある。

う、かなり手強《てごわ》いかも。

しかし、負けないぞ。絶対におれが勝つんだ。

渾身《こんしん》の力を込めて、しかし、力まず投げる。柔らかさとしなやかさと。それがピッチングの基本だ。そう、おれはしなやかなピッチャーなんだ。

アウトコース低めぎりぎりに、一球が決まる。

うん、いいぞ。硬球ちゃん、その調子だ。

二球目、インコースに食い込んだストレートを四番バッターは弾き返した。ただ、打球は一塁ファールグラウンドに転がる。

鋭いスイングだった。さすが、四番だけのことはある。もう少し、タイミングが合っていたら、確実に長打になっていた。

うー、危ない。

一良が肩を上下に動かし、舌を鳴らした(さすがに、音は聞こえなかったが)。

これくらいで、ビビんな、勇作。ツーストライクと追い込んでんの忘れるな。

うわっ、むかつく。いつ、おれがビビったりしたよ。

今。

うわっ、ますますむかつく。おまえは、いちいちうるさ過ぎ。小姑《こじゅうと》か、まったく。ぐちゃぐちゃ言わずに、早くサイン出せ。

はい、これ。

え……、はいこれって……。

一良の人差し指と中指と薬指が三本、ミットから覗く。人差し指と薬指がぴこぴこと動く。

このサインって……、えっ、シンカー？

マジかよ、一良。

大マジです。

ほんとうに、真面目なんだな。

試合中に不真面目なサインを出して、どうする。

確かに、その通りだ。一良は大真面目でシンカーのサインを出した。おれは唾を飲み込み、グラブの中で愛する硬球ちゃんを握った。

よし、行くぞ。行くしかないんだから、行くぞ。

下呂か、有馬か、片山津。

四番バッターのバットが回る。さっきと同じコース、つまり、三塁方向へとボールが飛んだ。ただし、さっきより格段に勢いがある。

「森田さん」

叫んでいた。

森田さんが一瞬の躊躇《ためら》いもなく、前に出た。捕球し、身体を回す。セカンドへ送球。セカンド杉山さんから早雲へ、ボールが渡る。

絵に描いたようなダブルプレーができあがった。

三塁側のスタンドが沸きたつ。

「いいぞーっ、森田。さっきのエラー、帳消しだあっ」

井上さんの大声がぐわぁんぐわぁんと響き渡る。木下さんは眼を閉じたまま拍手している。やっぱり、顔色が悪い。

「はい、お見事でした。りっぱりっぱ。すごいよねえ。甲子園の初戦で、しかも、一回表でダブルプレーだからねえ。すごい、すごい」

鈴ちゃんが最大級の賛辞を送ってくれる。

「やっぱり、あのミーティングが効きました」

森田さんがデコを拭く。

「あのって……、ああエラー症候群のだね」

「そうです。エラーをしたとたん、あのミーティングを思い出して。気持ち切り替えなくちゃあって。山田がすげえいいタイミングでこっちの気持ちを解《ほぐ》してくれたんで、楽になりました」

「森田さん、そんな照れるじゃないですか、あははは」

「あははは……。うん？　監督、どうしました」

森田さんが鈴ちゃんに向かって、屈みこむ。鈴ちゃんは口を結び、黒眼をうろつかせていた。

「いや……実は、気になることがあって」

「気になること？」

「うん。あのミーティングのときからずっと気になっていたんだけど……。いや、よそう。試合中に話すことじゃないし」

「いやいやいやや、話してくださいよ。こっちの方が気になるじゃないですか」

おれと森田さんは鈴ちゃんを両脇から挟む格好で、ベンチに座った。鈴ちゃんが眼鏡を押し上げる。

「うん。じゃあ言っちゃうけど、あのとき、ぼくに質問した部員、あれ、誰だったんだろうか。どうしても思い出せないんだ」

「え……そりゃあ、あれは……」

「前田さんじゃないですか」

おれは無理に笑いながら言った。思い出せないってことは、前田さんの可能性が高い。

「いやあ、おれじゃないよ」

「うわっ、びっくりしたぁ。前田さん、いつの間におれの後ろに回ったんですか」

「おれ、ずっとここに座ってるけど……。それに、あのミーティングのとき、発言してないから。喉風邪ひいちゃって、声がほとんど出ない状態だったんだ」

おれと森田さんは顔を見合わせていた。

前田さんじゃない？　じゃあ、誰だ？

「幾ら考えても思い出せないんだ」

鈴ちゃんが首を傾げる。

「……妙に丁寧な口調でしたよね。あんな言い方するやつ、うちの部にいたっけ」

森田さんが唾を飲み下した。

ひゅうと冷たい風がおれの首筋を撫でて通った。背筋がぞくりと震えた。

これが、世にも怖ろしい事件の幕開けとなることを勇作はまだ、知らずにいた。

なんて、ホラーテイストの展開にはなりません。あくまで、野球と温泉が核ですから。

でも、ほんと、あの質問者、誰だったんだろうね。

さて、いよいよ、さいとう高校の攻撃なんだけど、今回はここでダ・スヴィダーニャ。

さいとう高校野球部の攻撃、期待してよ、みんな。

その九、甲子園のバッターボックスに立つと、ものすごく空が高く見えるらしい。


「はい、甲子園の空って高《たこ》うございますなぁ」

ご住職こと小川哲也がぼそりと呟いた。

ユニフォームの前を軽く叩《はた》き、天を仰ぐ。おれたちもつられて、顔を上向けた。

ご住職は、我がさいとう高校野球部の不動の一番バッターだ。足が速いし（百メートルを十一秒台前半で走るとのうわさあり）、身は軽いし（祖先は根来衆《ねごろしゅう》だったというわさあり）、ボールを絶妙な方向に転がせるし（又従兄弟《またいとこ》がプロボウラーとのうわさあり）、どことなく高僧の雰囲気を持っているし（それは野球には関係ないだろうって思うでしょ。ところが、プチスランプのときなんかにご住職の後ろ姿に向かって手を合わせ、目を閉じてプチ瞑想《めいそう》に浸ると、不思議と気分がすっきり、心身が軽くなって、調子を回復するといううわさあり、なのだ。ありがたやありがたや）、トップバッターとしては最適な人材だ。

ちなみに、我がさいとう高校野球部監督、鈴木久司《ひさし》（あっフルネームが言えた）こと鈴ちゃん（あれ？　鈴ちゃんこと……かな。でも、おれたちにとって鈴ちゃんは鈴ちゃんで、それ以外の名前が鈴ちゃんにあるのって、頭ではわかってても、なんとなく受け入れ難いんだよな。なんとなく、だけど）の座右の銘は『適材適所』と『雨降って地固まる』だそうだ。これは、さいとう高校新聞部発行の『The SAITO ニュース』で、祝甲子園出場、野球部特集のページを作った時、記者インタビューに答えて、鈴ちゃん自身が語ったものだ。

――監督の座右の銘は、何でしょうか。

『適材適所』と『雨降って地固まる』の二つですね。

――え……、あまり野球とは関係ないように思えますが。

いやいや、おおありですよ。チームにとって、適材適所は大切です。ポジションを決めるのも打順を決めるのも、選手に適した位置、順番というものがありますからね。

——なるほど。もう少し具体的にお話ししてもらえますか。

わかりました。具体的に、ですね。

ここからは裏情報になる。記事的には全てカットだったたらしいが、鈴ちゃん、突然、立ち上がり歌い出したそうだ。

♪たとえば、たとえば、ぶんぶんふり回すだけの人は（人は）↑バックコーラス、小林部長（あの強面《こわもて》の部長先生がバックコーラス！　驚きである。これも、鈴ちゃんマジックか）。

四番には向いてないの（ないの）

どっしり構え過ぎてちゃ、一番は無理よ（無理ね）

肩がよくなくちゃ、外野は守れないの（守れないわ、守れないわ）

ちょっと図太くなけりゃあ、ピッチャーは務まらない（務まらないのよ、務まらないのよ）

てきざいてきしょ（てきざいてきしょ）

てきざいてきしょ（てきざいてきしょ）

それが、大事なの（とても、大事だわ）

それが、必要よ（とても、必要ね）
ラララララ、ラララララララ（ラーラララ、ラララー）
と、いうことです。いかがでしょうか。
——え？　あ、はぁ……。いや、どうもありがとうございました。甲子園、がんばってください。応援しています。
ありがとうございます。

呆気にとられたのか、毒気《どっけ》に当てられたのか、インタビュアーは『雨降って地固まる』の具体例を聞くことなく（あえて、聞かなかったとも考えられる）、そうそうに立ち去った。新聞部の精鋭部隊、文化部の武闘派軍団とも呼ばれるインタビュアーたちとの戦いを制した鈴ちゃんと小林部長のコンビは、さすがと称賛するしかない。

とはいえ、さいとう高校野球部監督&部長コンビが、ほんとうにこのようなミュージカルもどきの対応をしたのかどうか、あまり、はっきりとはしていないのだ。

「軽く二人でハミングはしたが、あれが、まさかミュージカルもどきと受け取られるかなあ。ありえん気がするが」

との、小林部長の証言もある。

この件も含め、どうも我が野球部に纏《まつ》わる根拠のありそうでないうわさ、風説、都市伝説めいた逸話はかなりの数にのぼる。

たとえば、水曜日の夕方に行われるミーティングのとき、部員の数が一人増える(これは、れいのエラーのホラー話に繋がっていると思う)とか、野球部のランニングと反対方向にグラウンドを走れば霊が見えるとか、何人かの部員は密《ひそ》かにチア・リーダー養成講座に通っているとか、鈴ちゃんが実はフランスにトレビアンな恋人っぽい文通相手を複数持っているとか様々である。おれたちって、うわさのもとになりやすいのかな。

えっと、まぁそういうことはおいといて、ご住職は一番バッターとしては五本の指に入るだろう一番バッターだ。どの範囲での五本指かは、まぁ、適当でいいと思う。足が速くて、身が軽くて、ボールを転がすのが上手くて、高僧の雰囲気があって、見た目の何倍も度胸がある。

そう、ご住職、度胸があるのだ。

あれは、去年の夏のこと。交通事故による怪我で入院中の鈴ちゃんを見舞った帰り、おれたちはひょんなことから病院の地下二階に迷い込んでしまった。そこは灰色の廊下が伸びていてどん詰まりが霊安室《れいあん》になっている。階を間違えたと気が付いたおれたちは、慌てて戻ろうと、エレベーターを捜したのだが、あら不思議、ついさっき降りてきたばかりのエレベーターも階段も見つからず、右往左往するはめになってしまった。

なぜ、エレベーターが見つからない？

おれたちは、いったいどこに迷い込んだんだ？

不安と戸惑いと、認めたくないが恐怖が胸に広がっていく。そのとき、ギギッと軋《きし》むような音がした。振り向いたおれの眼に、霊安室の扉がゆっくり開いて行く光景が映った。悲鳴をあげそうになったおれを制し、ご住職は……。

いや、だめだ。ここは甲子園。おれたち、真剣勝負のど真ん中にいるんだ。横道エピソードを語っている暇はない。

横道エピソード、禁止！

えっと、だからご住職は度胸がある。

甲子園の初打席だからといって、ガチガチに緊張するってキャラじゃない。平常心、静心《しずごころ》を常に忘れず、現実に向かい合える。だから、鈴ちゃんは迷わず一番に抜擢したのだ。

ご住職は粘った。

三球でワンボール、ツーストライクと追いこまれた後、三球続けてボールをカットし、二球ストライクゾーンから外れた球を冷静に見送った。

三つのボールと二つのストライク。

フルカウントだ。

その後も粘りに粘り、さらに二球続けて変化球をカットした。そして十一球目を打ち返した。

ピッチャーの横を打球が抜けていく。

「うおうっ」

「やった、打ったぞ、ご住職」

「ありがたや、ありがたや」

さいとう高校ベンチが沸きたったのは言うまでもない。おれなんか、身を乗り出し過ぎて転びそうになったぐらいだ。一塁側では悲鳴が弾ける。

しかし、沸いたのも弾けたのも一瞬だった。

一瞬の後、さいとう高校ベンチの空気は、プッシューと音が聞こえそうなほど急速に萎んでいった。

ワンバウンドしたボールにショートが飛びついたのだ。見事な、実にすばやい動きだった。打球が魔法のようにグラブに吸い込まれていく。そして、よりすばやく一塁に送球する。ご住職は、今まさに一塁ベースに足を掛けようとしていた。

クロスプレー。

「アウト」

塁審は無情にも宣言する。

歓声と悲鳴の位置が入れ替わる。

つい、ため息を吐いてしまった。力んでいた分、力が抜けた身体が重い。

山戸学園の守り、かなりの鉄壁じゃないか。どちらかというと打撃のチームで守りのミスが目立つ、はずだったのに。いや、これはチームカラー云々というより、運の類いかもしれない。さっきのショートの守備だって、確かにすばやかったけれど立っていた位置もよかった。うーん、うーん、これはつまり、個人的には認めたくはないけれど、今のところ、野球の女神（野球の神さまって、たぶん女神だよね。ぽっちゃり体型の）は、相手側に微笑んでいるってことじゃなかろうか。もっと、露骨に表現すれば、流れは完全にアッチに向いてるでしょうって感じだよなあ。そんなこと、口にできないけど。言っちゃうと何となく重荷を背負う雰囲気になっちゃうもんな。おれだって、そのくらいの心配りはする。

「うーん。今んとこ、流れはカンペキアッチだな」

何の心配りもせず、早雲が唸る。

この、アホンダラめが。砂蒸し温泉に頭から埋めちゃうぞ。う……砂蒸し風呂だって。指宿《いぶすき》か。いいねえ。

指宿と一口で言っちゃうけど、薩摩《さつま》半島南東の海岸から内陸部にかけて湧出する温泉の総称なんだ。湊《みなと》、湯之里《ゆのさと》、二月田《にがつでん》温泉などなど。砂蒸し風呂で有名なのは海岸にある摺ヶ浜《すりがはま》温泉。泉質は食塩泉、炭酸鉄泉。泉温は高温で、九十度ちかくある。なかなかに挑戦的で荒々しい、いい感じの温泉だ。

指宿といえば、おれが小学校三年の春と小学校四年の秋、二年続けて訪れた温泉地だ。もちろん砂蒸し風呂も堪能した。たまには、こういう風呂もいい。ただ、四年の秋、つまり二度目の訪問のとき、おれは砂蒸し風呂がらみで実に不可思議な出来事に遭遇することとなった。話せば長くなるが、それはつまりこういう……。

待て、待て待て待て、勇作。ここで、長話をしてどうする。

禁止！　横道エピソード。

おれは、早雲のアホンダラさかげんに腹を立ててるんだ。砂蒸し風呂に埋めるなんて待遇が良すぎる。小学校の砂場で十分だ。

まったく、ちっとは状況を考えろ。考えたら言えねえだろう、そんなセリフ。

「確かに、完璧にアッチですねえ」

鈴ちゃんが相槌を打つ。

いやいやいやや、監督。そこ同意するとこじゃないですから。

「ですよね。アッチに流れてますよね」

「うん。どうみても、流れてるね」

「やばいっすよね、かなり」

早雲が眉間に皺を寄せる。

それでなくともいかついオッサン顔が、さらにオッサンっぽくなる。鈴ちゃんがちょっと首を傾げた。こちらは、一良に次ぐ童顔がさらに子どもっぽくなる。

「そんなに、やばくないでしょ」

童顔鈴ちゃんがあっさり言った。

「試合の流れというものは、必ずあっちこっちするもんだからねえ。ずうっと同じ方向に流れてるってことは、ないんだよね。突然、くるって変わったりするんだ。そこが川の流れと、微妙に違うとこなんだよなあ」

微妙じゃないです、監督。ものすごい違いです。川の流れが突然くるっと変わっちゃったらえらいことです。

と、心内で一人ツッコミを入れはしたが、おれはふうっと身体が軽くなったのを感じていた。ベンチの空気が軽くなったのだ。

そうだ。試合の流れって変わるんだ。一球で、一打で、たった一つのプレーでくるっと変わる。怖いけれどおもしろい。おもしろくはあるけれど、恐ろしい。

「最後に流れに乗っちゃってるのは、どっちだろうね」

鈴ちゃんが眼鏡を押し上げ、くすっと笑った。その笑顔のまま、

「あ、小川くん、お疲れさん」

と、ベンチに帰ってきたご住職をねぎらった。

「捕られちゃいました。残念です」

「うん。いい当たりだったのにね。でも、すごいね、小川くん。初甲子園の初打席で、あれだけ粘れるなんて、ある意味ホームラン打つより難しいと思うよ」

おれと一良は思わず顔を見合わせていた。その横では、早雲とポポちゃんが同じように見つめ合っている。

そうだ、そうだ。初甲子園、初打席、この雰囲気の中でご住職は粘りに粘った。

それって、すごいよな。地味だけどすごいよな。

「一番打者にあそこまで粘られて、髙野溝くん、なかなか大変だったんじゃないかな。むふふ」

髙野溝というのは山戸学園の先発ピッチャーの名前だ。こうのみぞと読むらしい。

「一発どかんとホームランを打たれるより、ねばーっと粘られる方が応えるもんです。むふふ、小川くん、お手柄ですよ」

鈴ちゃんが手を合わせる。

ご住職も合掌し、頭を下げる。

おれは束の間、タイにいるのかと錯覚した。なに、おれたち酸ヶ湯でも有馬でもなくてバンコクに来ちゃったの、みたいな。

鈴ちゃんが静かに問う。

「小川くん、甲子園初打席、どうでしたか」

ご住職が答える。

「はい、甲子園の空って高うございますなぁ」

呟きに近い声だった。おれたちは、つられて空を仰ぐ。

高いか？

いや、どっちかっつーと曇ってる感じがするけど。

だよな、雲、低いよな。絶対、低いよな。

あんまり拘ると御仏の教えに背くことになるぞ。

一良とアイコンタクトを取る。

「なるほど心が澄んでいると、空は高く見えるものです」

「畏《おそ》れ入ります」

鈴ちゃんとご住職、再び合掌、一礼。

何とも静謐《せいひつ》な清々《すがすが》しい空気が漂う。

ここはブータンか？　おれたち下呂でも片山津でもなくティンプーに来ちゃったの？

おれが眼をこすり、さらに瞬かせたとき、カキィンと音がしてファールボールが三塁側スタンドに飛び込んできた。

「むふふ、さすが杉山くん。やるべきことをちゃあんと、わかってますね」

鈴ちゃんの笑みがさらに広がる。

二番バッターの杉山さんもご住職に負けず劣らず粘っていた。バットを短く持ち、ともかく当てにいっている。やるべきことをちゃあんとわかっているのだ。

おれは、マウンドの高野溝に視線を向けた。表情は窺《うかが》えない。肩で息をしているとか、苛ついているとか、そんな様子は見えなかった。今、あいつは何を感じ、何を思っているのだろうとおれは考える。さっきまで、あのマウンドに立っていた者として考える。

おれなら、たぶんすごくむかついていると思う。ねちねち粘る相手打者に対してじゃなく（多少はむかついてるだろうが）、いいようにカットされてしまう自分のボールに対してだ。で、頭にきちゃって、変に力んでしまって「これで、三振だぁっ」と渾身の一球を放り込む。ところが、野球はそんなに甘くない。『ぽんちょ』の発汗ラーメンに匹敵、あるいは上回る激辛であることは、かの一番バッターくんのホームランを引き合いに出すまでもない。おれ的にはあまり出してほしくないしね。けど、これからことあるごとに一良あたりから〝初回でいきなりホームランをかまされたピッチャーさん〟なんて呼ばれるんだろうな。ちぇっ、ちぇっ。

いや、おれのことはおいといて、野球は激辛だ。いいかげんなものに対してはって意味で、一口すすれば泣いちゃうほど辛い。

渾身の一球は通用しても、渾身の一球モドキは通用しない。力んで投げた球なんて、せいぜい渾身の一球モドキ止まりにしかならないでしょう。そして、甲子園出場校のバッターに渾身の一球は通用しても、渾身の一球モドキでは歯が立たないよな、やっぱ。

きれいに打ち返されて、外野に転がるぐらいならまだしも、さっきのあれみたいに、スタンドに大きくダイブしちゃったりする。

髙野溝が振りかぶり、投げる。

杉山さんのバットが回る。

ボールは大きな放物線を描いてスタンドにダイブ……しないで、きちんとキャッチャーミットに納まった。意外に行儀がいい。

「バッターアウト」

主審のコールが響く。

「うわっ。いい球だなぁ。ナイスピッチング」

鈴ちゃんが感嘆の声をもらす。おれも、つい、うなずいてしまった。うなずくつもりなかったのに、うなずいていた。

フォークだ。打者の手元でカクンと落ちた。

すげえぞ、髙野溝。へんてこな苗字だけど、すごいぞ。この状況で、苛つきもせず力みもせず、マジで渾身の一球を、モドキじゃない一球を投げられるなんて、大物だ。しかも、フォークだよ。球の握り方がフォークに似ているからって名前の付いた（誰が命名したんだろう。センスいいのか、悪いのかビミョーだよね）変化球だよ。打者の手元でカクンと落ちるんだよ。ていうか、実際、カクンと落ちたんだ。さすがの杉山さんもついていけなかった。そりゃあそうだろう。決め球は内角をえぐるストレートと思い込んでたところに、手元でカクンだものな。

うーん、悔しいけど、すごい。

うーんと一良も唸った。

「監督、あのピッチャー、決め球にフォークを使うんですか」

一良のくりくり眼に不安の影が過ぎる。

昨日のミーティングで山戸学園のピッチャー、髙野溝と案山子山《かかしやま》（二人ともへんてこな苗字だ。ちなみに髙野溝は実《みのる》、案山子山は学《まなぶ》という名前らしい。変わった苗字だけに名前は限りなく普通にしようって、周りが考えたんだろうな、きっと）については、特に念入りに話し合った。そのときの鈴ちゃん情報によると、二人とも速球主体の本格派でタイプが似ているとのことだった。フォークのフォの字も出てこなかったと記憶している。

髙野溝があんな威力のあるフォークを持っているとしたら、ちょっと厄介《やっかい》ではなかろうか。

「いや、使わないよ」

鈴ちゃんがあっさり言い切った。あんまり、あっさり言われたので「あっそうですか。失礼しました」と、ベンチの奥に引っ込みそうになったほどだ。

「たぶん、投げる球がなくなって、思い切って練習中の変化球を投げてみたんじゃないかな」

「つまり、二人続けてバッターに粘られて、自棄になって投げられるかどうか全然自信の無い変化球を投げてみたら、どうしてだか上手く決まっちゃったというわけですね」

「山本くん、それ、あまりに身も蓋《ふた》もない言い方だよ」

「いや、それなら安心だと思って。あんなフォーク、びしばし決められたら、ちょっと面倒でしょう」

「うん。投げた本人が一番びっくりしてんじゃないのかな、『うわっ、決まっちゃった』って」

「じゃあ、たまたま決まっただけなんだ」

「今のはね。うん、たぶん、これから先、がんがん決め球に使ってくることはないはずだよ。よっぽどの調子乗りでなければね。なんせ、未完成のリニアモーターカーを見切り発車するようなもんですから。なかなか思い切れないでしょう」

鈴ちゃんは珍しく、自信たっぷりな物言いをした。いや、鈴ちゃんってベンチではけっこう強気な言い切り発言、多いんだ。どっしりってイメージからはほど遠いけど、安心感はある。竹が強風にしなりはするけれど折れないのに似ているかな。あ、これは絶対に折れないなって思わせてくれるわけだ。

「面目ない。不肖《ふしょう》、杉山亮太、三振してしまいました」

コンガリ杉山さんが頭の後ろをかりかりと掻いた。それから、しみじみと呟く。

「まさか、あそこでフォークがくるとはなあ」

表情もしみじみしているのだろうが、ベンチの影の暗さに顔色が溶け込んで、確認できない。

「いやいや、あれだけ粘れば十分です。お見事、お見事」

鈴ちゃんが拍手をした。

「初回から二十球以上投げさせられて、髙野溝くん、かなり消耗《しょうもう》してますよ。体力よりも精神的に、ね」

「……ですか」

「ですよ。むふふ」

「ですね。むふふ」

鈴ちゃんとコンガリ杉山さんは顔を見合わせて、にんまりと笑った（杉山さんは影に紛れているし、鈴ちゃんは杉山さんの方を向いているので、顔は見えない。だから、〝にんまり〟部分はあくまで推測です。念のため）。

「さてさて、木村くんはどうするかなぁ」

鈴ちゃんは楽しげに言い、楽しげな眼差しをグラウンドへと投げた。早雲が、今まさにバッターボックスに立とうとしている。

言い忘れてたけど、というより、わざわざ知らせる必要もないと思ったんだけど、早雲、新チームの三番です。

「いやぁ、三番だって、三番。いやぁ困っちゃうなあ。クリーンナップのトップバッターだなんて、おれには荷が重すぎるよなあ。ははは、な、そうだろ？　重いよなぁ、むははは」

新チームのラインアップが決まったときの早雲の有頂天ぶりに関しては、ここでは書かない。本気で書き出してみると、原稿用紙四、五十枚ぐらいにはなりそうだからだ。

「なあなあ、勇作、どうよ。おれ、三番だって。むははははは。どうよ、どうよ。やれると思う？　やれちゃう？　むははは、やれちゃうか。まぁ、鈴ちゃんやコンガリ杉山キャプテンの考えたラインアップだからなあ。従うよりしょーがないよなあ。でも、三番ってどうよ？　どうよ？　なあ、どうする？」

早雲が肘《ひじ》でつつきながら、おれに話しかけてくる。練習終了後、グラウンドを整備していたときだった（その十五分前に、新チームのラインアップが杉山さんから発表されていた）。

早雲のはしゃぎぶりが鬱陶しくて、おれは、いつもよりずっと不機嫌で邪険な口調になっていた。むろん、早雲のはしゃぎぶりの後ろには不安や緊張や決意がでんと存在してるって理解している。それを消化しきれなくて、はしゃいじゃってるんだ。だからといって、「あぁ、おまえ、いろいろ抱えてんだな。ごまかさなくていいよ」なんて甘ったるい対応はしない。おれだって、自分の不安や恐れをごまかしても、ねじ伏せても、砂蒸し風呂に埋めちゃっても（おれも埋まりたい）、マウンドに立つ。

ごまかしても、ねじ伏せても、埋めてもいいけど逃げない。早雲も同じだ。

おれは、ちっちっと舌を鳴らしてみた。

「うっせーな。決まったんだから、どうよ?もこうよも間瀬《ませ》育代《いくよ》もねえだろう。やるしかねえのわかってんだろう、それくらい」

「……勇作、間瀬育代って、誰だ。カノジョか」

早雲が首を三十度の角度で傾げる。

「ちげえよ。今んとこ、おれ、カノジョいねえし」

「カノジョ、いねえのか。そりゃあ寂しいな」

「おまえだって、いねえだろう」

「おれ、カノジョいない歴と実年齢が重なる男だからな。今更、寂しいとか感じないんだよ。カノジョがいた経験がねえと、いない寂しさなんてわからんもんな」

「なるほど。肩凝りがないと、温泉に浸かった後のもみもみほぐしマッサージの心地よさがわからないのと同じ理屈だな」

「あ、まあ、そんなもんかな。肩凝りとカノジョをいっしょくたにしちゃうの、なんとなく抵抗あるけど。うん、まあそうだ。カノジョいない歴イコール実年齢のおれとしては、うなずくしかないな」

「それこそ、寂しい話だな」

「うん……自分で振っておいて何だが、急にとっても寂しくなってきちゃった。泣きそう。うう、どうして、おれカノジョいないんだろう。女の子、大好きなのに、三番バッターなのに、どうして……」

早雲は下降気味のテンションを持ち直すために、大きく頭を振り、わざとらしい大声でおれに尋ねてきた。

「で、間瀬育代って誰？　カノジョでなければ、誰よ。親戚のおばちゃんか」

「いや……羽合温泉某旅館のスタッフのおばちゃんだ」

「はぁ？」

早雲がさらに首を傾げる。スポーツドリンクを飲んでいた一良が、ぶひっという音とともに、無色の液体を吹き出した。そのまま、むせて、しゃがみこむ。

「ひえっ、一良、ど、どうしたんだよ。だいじょうぶか」

一良は背中を丸めた〝ちょっとだけアルマジロ状態〟で咳き込み続ける。かなりの量のスポーツドリンクが気管に入り込んだらしい。

一良がかくも取り乱すのは極めて珍しい。早雲は戸惑い、それでも、一良の大きな背中をさすっていた。

「なあ、なんで羽合温泉某旅館のスタッフのおばちゃんにここまで反応すんだよ。

おまえら、羽合温泉某旅館のスタッフのおばちゃんと何があったんだ？　あ、そういえば、おまえら羽合温泉に行ったんだよな。マカデミアナッツ、ごちそうさまでした」

意外に礼儀正しい面も持ち合わせている早雲が改めて礼を言う。それを無視し、おれは立ったまま震える背中を見下ろしていた。たぶん、とても冷ややかな眼差しをしていただろう。どうして、ここで冷ややかな眼差しをするのか、自分でもわかってないんだけど。

ま、おれとしては感覚的に〝ここは、思いっきり冷ややかにいきましょう〟ってところだったんだろうな。

咳が治まり、一良がゆっくりと立ち上がる。おれの方をちらっと見た視線をすぐに逸らした。

「びびらなくていいぜ、一良。あれは過去のこと。おれの傷はとっくに癒えているさ、ふふ」

おれは一昔前のハードボイルドタッチで笑ってみる。

「ごほっ、けど、勇作、げほっげほっ……おまえ何で、羽合温泉某旅館のスタッフのおばちゃんの名前を知ってるんだ。え……まさか、おまえ」

一良の顔色が変わる。血の気がすうっと引いていくのがわかる。

「何だよ」

「まさか……あそこを見られて自棄になって、羽合温泉某旅館のスタッフのおばちゃんと付き合うことにしたんじゃなかろうな」

「そうなんだよ。実は羽合温泉某旅館のスタッフのおばちゃんとお・つ・き・あ・いをしていて……って、アホンダラ。そんなわけねえだろう。羽合温泉遠すぎるし。おれ、基本、遠距離恋愛できない男だからな」

「いや、距離以前の問題だろう。けっけど、じゃあ何で羽合温泉某旅館のスタッフのおばちゃんの名前を知ってんだ」

「ふふん、簡単なことさ山本くん。おれたちが売店で買い物をした直後、ロビーにいたもう一人の羽合温泉某旅館のスタッフのおばちゃんがかの羽合温泉某旅館のスタッフのおばちゃんに『ませさーん。いくよさーん、四〇二号室に忘れ物なかった？』と声を掛けたんだよ。で、おれが『あ、ませいくよさんって名前なんですか』って尋ねたら、羽合温泉某旅館のスタッフのおばちゃんは、どういうわけか、きゃらきゃらと笑って、口の中で燦然《さんぜん》と輝く金歯を見せつけて『そうなんですよ。間《あいだ》の間に瀬戸内海の瀬、育てる育に代々の代で、ま・せ・い・く・よ。また、ご贔《ひい》屓《き》にね、お客さん。むっふふふふ』と自己紹介してくれたわけ」

「うーん、最後のむっふふふふが気にかかるな。それはやっぱり、あれを見た女の余裕の笑いってやつじゃねえのか」

「いいんだ。むっふふふふも含めて、おれは過去を捨てた男。何も怖くはないんだよ」

「育代さんに見られたのに」

「育代さんなんて関係ないさ。望むなら、いくらでも見せてやる」

「わおっ、勇作くん、開き直ってる」

「なあ、話が見えないんだけど。勇作、育代さんに何を見られたんだよ。教えてくれよ」

早雲は食い下がったが、むろん、おれも一良も口を割らなかった。

早雲は甲子園でも食い下がっていた。

髙野溝の球を慎重に見極めている。意外にボール・ストライクが見極め易い球筋だ。

そして、六球目。

やや甘く入ってきたカーブを弾き返す。

わおっ、いけいけ、早雲ボール、飛んでいけ。

ボールはぐんぐん伸びて、伸びて、伸びて……風に押し戻された。センターがぎりぎり、一番、深い場所で捕球する。

スリーアウト。

「うーん、やっぱ流れは向こうか」

おれは心配りを忘れて、唸ってしまった。

唸りながら、今回は、ここでさようなら。

ダ・スヴィダーニャ。

さいとう高校、ちょっと寒い中、奮闘してます。

その十、甲子園ってつれない女の子みたいだと、おれはちらっと考えてしまった。

突然ですが、今、七回の裏です。

いや、べつに途中をはしょったわけじゃないんだ。まあ、結果としては、はしょったんだけど。

七回裏、さいとう高校の攻撃が始まる前、得点は1対0、そうそうそう、一回から変ってないんだよね。

ここまで、試合は膠着《こうちゃく》状態というか、投手戦というか、両校とも打線が沈黙しているというか、投手戦というか、点が入らないというか、投手戦というか……え？しつこい？　いや、だって、おれ、けっこう頑張ってんだよ。自分で言っちゃうのもどうかと思うけど。

そりゃあ打たれましたよ。ええ、打たれましたとも。

初回、一番バッターに、まさかのいきなりホームラン。〝初回でいきなりホームランをかまされたピッチャーさん〟の称号（命名、一良）を戴いた男です。

けど失点はその一点止まりだ。初回以降は、相手の下呂温泉、もとい、岐阜県の山戸学園打線を完璧に抑え込んでいる。

まあ、一良ならここで、待ったをかけるだろうが。

「待った。待った。勇作、今のちょこっとおかしかねえか」

「何がだよ。おれ、山戸に一点しか取られてないぞ」

「確かに、そこんとこは正しい。けど、完璧はねえだろう」

「ぎくっ。そっ、そうかな」

「そうだよ。五回に連打浴びて、あわや追加点かって場面があっただろうが」

ありました、確かに。

「おまえ、変化球が意外にびしばし決まっちゃうもんだから、チョーシこいてたろう。あれ、このまま完投しちゃうかも、なんてな」（著者注・ここまでの会話はあくまで、主人公山田勇作くんによる創作です）

はいはい、そうです。調子に乗ってましたよ。

初回にまさかのいきなりホームランを浴びはしたが、その後、おれは持ち直した。まさかのいきなりホームランの衝撃で目が覚めたってわけだ。人生、何が幸いするかわかんないよね。こういうのを〝禍《わざわい》を転じて福となす〟って言うのかな。それとも、〝棚から牡丹餅《ぼたもち》〟だろうか？　いや、さすがに牡丹餅は違う気がする。

それにしても、いくら〝禍を転じて福となす〟でも、浴びるならまさかのいきなりホームランより、やっぱり温泉だよな。ヒースケの東晋館高校みたいに片山津温泉付きなんて贅沢は言わないけど（言いたいけど）、硫黄泉をバッシャリと頭から浴びたいもんだ。

なんて、つい、考えちゃったのがいけなかったのか。ツーアウトから下位打線に連打を浴びてしまった。硫黄泉どころか、連打だよ、連打。あぁあ、嫌なもの浴びちゃった。

おれは、酢味噌和《あ》えになったタコのような心境（どういう心境か、詳しく述べる時間が無いので、ごめん）で、マウンドに立っていた。

そこに、……さん、登場。

えっと、えっと、この人、誰だっけ？　あ、名前が思い出せないから前田さんだ。間違いなく、前田さんだ。

前田さんがベンチから走ってくる。

一良も早雲も、内野陣全員がマウンドに集まった。

「監督から伝言」

前田さんがぼそっと告げる。前田さんの物言いはデコボコ、オウトツがあまりない。さらさらって流れていく感じがする。

「湯煙の　向こうに滲む　夏夜空」

「は？」

「だから、湯煙の　向こうに滲む　夏夜空」

「それ……、おれがランニング創作コンクールで、初めて最優秀賞をとったやつですよね」

「うん。そう」

「それが監督からの伝言？」

「伝言」

「どういう意味なんですか」

「さあ」

「初心に返れって、ことだ」

コンガリ杉山さんが、腰に手を当てる。

「この一句を創ったときの、初々しい気持ちを忘れるなって、そういうことじゃないのか」

はあ？　初々しい、っすか。

初々しかったかな、おれ？　なにしろ、ランニングをしながらお題にそって一句捻り出すなんて練習初めてだったから、驚いて、戸惑って、慌てはしたけど初々しくはなかったような……。

「初心っていうより、温泉を強調してんじゃないですか。有馬はゲット、さらに酸ケ湯もいただいちゃおうぜ、だから、踏ん張れってメッセージですよ」

早雲が異を唱える。

「おれはキャプテンに賛成だ。いくら鈴ちゃんでも、ここで温泉は出してこないだろう」

と、森田さん。

「いや、みんな一番大切なポイントを見逃してる」

一良の一言に、コンガリ杉山さんが眉根を寄せた。

「山本、そのポイントってのは？」

「はい。向こうに滲む　夏夜空って部分ですよ。夏夜空っていうのは、夏の甲子園を指しているんじゃないですか。向こうに滲む　夏夜空。つまり、この先には夏の甲子園があるんだ。それを忘れるな、そういう意味だと思います」

一良、不快、もとい、深い。何とも深い読みだ。底無し風呂みたいだ（そんなものにお目にかかったことないが）。

「うーん、なるほど」

コンガリ杉山さんが唸る。

「いや、それは深読みし過ぎだろう」

学年トップの頭脳にして、ショートを守る山川さんが静かに反論した。因みに山川さんの渾名は、〝リョウドウ〟だそうだ。この前、判明した。中学生のときから、学年トップの座を堅持し、かつ、ずっと野球を続けている山川さんこそ学生の鑑《かがみ》、〝歩く文武両道〟だとの称賛の下《もと》、名付けられたと聞いて、おれは、見事な命名センスだと感じ入った次第だ。

「夏は夏として、今はこの試合に全力を尽くせ。うちの監督なら、そう言うはずだ。ここで夏のことなんか考えてもしかたないからな。期末試験の問題用紙を前にして、センター試験のことを考えるやつはいないだろう」

うーむ、たとえが秀才っぽい。静かな口調だけに説得力がある。

「そうか。なるほど、そう言われると確かに。じゃあ、山川さんは、この謎をどう解き明かすんですか」

「……いや、これはおれの推理に過ぎないが、おれたちはずっとこの一句を露天風呂に浸かった山田の視点から創られたと思ってきた。いや、思い込まされてきた。惑わされていたわけだ」

いや、おれ、マジで露天風呂に入って空を見てましたから。そのまんまです。第一、なんでおれが、みんなを惑わさなくちゃいけないんです。動機がありません。

「しかし、別に風呂に入ってなくとも湯煙に滲んだ空は見られるはずだ。つまり、このとき山田は裸ではなく、服を着ていた」

着てなかったっすよ、山川さん。すっぽんぽんのぽんぽんって感じの裸でした。風呂に入ってんだから、当然じゃないでしょうか。

「服を着ていた。服着ていた。ふくきていた。ふっきていた。ふっきっていた。つまり、ふっきって投げろというメッセージなんだ」

いやいやいや、そんな無茶苦茶な。それなら「ふっきって投げろ」って言えばすむじゃないですか。いくらなんでも、こじつけ過ぎますって。どんな推理ルートを通ったんすか。口には出せないですが、先輩、学年トップの頭脳……たいしたことないんじゃないかと……。

「なるほど、さすがにリョウドウだな。見事な推理だ」

「ええ、謎は完全に解けました」

コンガリ杉山さんと一良がうなずき合う。

納得しないでください、キャプテン。納得すんな、一良。

「じゃあ、そういうことだから」

えっと、あの……この人は……あ、思い出した。前田さんだ。前田さんがベンチに戻っていく。内野陣もそれぞれのポジションについた。

試合再開。

おれはマウンドを軽く均した。

気持ちは落ち着いている。連打された直後の乱れは僅かも残っていない。平常心ってやつかな。マウンド上でのプチミーティングが効いたのかもしれない。

あれ？　鈴ちゃん、もしかしてそれが狙いだった？

ともかく、おれはランナーを背負いながらも平常心を保ちつつ、次のバッターを三振に打ち取った。

そのバッター、山戸の一番。そうそう、まさかのいきなりホームランをかましてくれちゃった方だ。一番バッターが三振したとたん、甲子園中がどよめいた。球場そのものが身震いしたみたいだった。

そうか、これが甲子園か。

野球はドラマ。よく耳にするフレーズだ。耳にするたびに、舌打ちしたくなった。おれたちプレーする側、選手からすればドラマなんて関係ない。定められたルールの枠内で、最大限に力を発揮する。それだけを考えている。ここで盛り上げようとか、泣かせようとか、笑わせようとか(さすがに、それはないか)計算してるやつなんて、一人もいない。もしいたとしたら、そいつはプレーヤーじゃなくて、どういうわけかプレーヤーの中に紛れこんだ、ただのアホだ。

その思いは、むろん、今も変わらない。

というか、強くなっている。

おれ自身が、さいとう高校野球部全員が、ただのアホになりかけた、いや、一時的にしろ、なっていた。

去年の夏のことだ。鈴ちゃんが事故で生死の境を彷徨っていたこと、それが甲子園の地区予選と重なっていたこと、まったくノーマークだった（らしい）さいとう高校野球部が強豪校を破り、勝ち進んでいたこと。これだけ条件が出そろえば、ドラマを仕立てるには十分だろう。

おれたちは、いつの間にか〝重体の監督のために甲子園を目指す高校球児〟って役をそれぞれが演じ、周りが期待するドラマの筋書きに添おうとしていたんだ。

アホでしょ、ほんまに。やってられまへんわ。

けど、ま、『雨降って地固まる』（鈴ちゃんの座右の銘だ）の諺《ことわざ》もあるから、自分たちのアホさかげんに気が付いたおれたちは二度とアホにならないように、パンツをトランクスからストレッチタイプに替えたんだ。そっちの方が締まるからね。

パンツの締まりは気分の締まり。腹部に薄《うっす》らついたパンツの痕《あと》を見る度に、他人が押し付けてくるドラマなんかに惑わされない胆力を養わねばと決意するわけだ。

そんなこんなで、ドラマ嫌いなおれが、あの三振の瞬間のどよめきには震えた。甲子園の生み出す一瞬のドラマに痺《しび》れたわけだ。それは、そう簡単に言葉にはできない空気のうねりだった。

そうか、これが甲子園か。

これが甲子園なんだ。

グラウンドにいた者しか知りえない、マウンドに立つ者だけが感じとれるドラマだ。甲子園が与えてくれた褒美《ほうび》なのかもしれない。そして、きっと、ベンチにいなければ、スタンドにいなければ、コーチャーズボックスにいなければ見ることのできないドラマもあるんだ。うん、きっと、ある。おれが知らないだけだ。

ちょっと危なげな場面もありつつ、失点を最少で抑え七回までできた。

「山田くん、好投ですよ。すごい、すごい」

ベンチに戻る度に、鈴ちゃんが褒めてくれる。悪い気はしないが、ちょっと面映《おもは》ゆい。七回、相手の攻撃を三人でぴしゃりと封じマウンドから降りたときは、拍手までしてくれた。

「すばらしいです。ここで最高のピッチングができるなんて、ほんとすばらしい」

「いやぁ、それほどでも」

おれが、にへっと笑った直後、

「勇作より高野溝の方がすばらしいんじゃないですか」

一良が冷たく言い放った。

「なにしろ、おれたち今のところ完封されてるわけですから」

「うん、そうだね」

鈴ちゃん、あっさり認める。

「髙野溝くん、意外に体力あるね」

「精神力もあります。ヒット数ではうちの方が勝っているのに、要所要所をぴたっと抑えてくる。調子に乗らない冷静な性質《たち》なんでしょう。さすがにエースナンバー背負ってるだけのことはあります」

うっ、ぐさっ。

一良の言葉が突き刺さる。

一良くん、今日はいつにも増してSっぽいです。鞭でビシッビシッと打ちすえてくる感じ。あたし、もう傷だらけ。

「冷静なのが、いつもいつも利点になるとは限らないんだよねえ」

鈴ちゃんが言った。楽しげな口調だった。

「え？　そうなんですか」

おれと一良の声が重なる。

「ですよ。冷えてるってのは血の巡りがよくないってことですから、肩凝りや腰痛の原因になりやすいんです」

「はあ？　髙野溝って肩凝りがあるんでしょうか」

「どうかなあ。地肩は強そうだけどね。でも、髙野溝くんを見てるとちょっと窮屈な感じはするよね」

「窮屈?」

「うん。マウンドでは冷静でいなくちゃならないって自分に言い聞かせてるのかな。そういうの、窮屈でしょ」

「でも、エースたるもの冷静さを保てないようでは駄目でしょう。感情的になっていいピッチングができるとは思えませんが」

うっ。ぐさっ、ぐさっ、ぐさっ。

「うーん、そうなんだけど。何でも度合いってのがあるからねえ。プロならいざ知らず、高校生のやる野球なんだから、ちょっとは喜怒哀楽、表してもいい気がするなあ。感情を抑え込むのって意外とエネルギー使いますからね。精神的な疲労が溜まるんじゃないですか。前の回あたりから変化球の切れが悪くなってるでしょ。だから、ピッチングが徐々に単調になってます。髙野溝くんて、わりにピッチングの波が見易い選手なんです。最初、打ち易そうに見えてなかなかボールが芯に当たらなかったでしょ。あれが彼の調子のいい証拠ですね。で、そこからさらにぐんぐん調子を上げてくると」

鈴ちゃんの指が一本、ぴんと立ち、不意に下向きになる。

「五、六回あたりでピークが来るんです。つまり、七、八回で調子が下がってくるわけですね。ここを乗り切ると、最後までいいピッチングをさせちゃいますよ。だ・か・ら、まあ、このあたりが」

鈴ちゃんが揉み手をする。

「いただき所とちゃいますやろか」

一良がにやっと口元を歪めた。

「ほう、そうでっか、そうでっか。監督はんがそこまで言うなら間違いおへんな。ほな、いっちゃん美味しいとこをいただきまひょか」

「そうでんがな。山本はん、この回、打順が回ってきますよって、あんじょう頼みまっせ」

「へえ、まかせておくんなはれ。それにしても、監督はん」

「何です、山本はん」

「山戸側のチア・ガール、えらい別嬪《べっぴん》はんが揃うとりまんがな」

「へえへえ、まったくで。あっちもあんじょう頼みたいもんでんな」

「へへ、何を頼みはるおつもりなんで」

「そりゃあ、あんさん、言わぬが花やないでっか。へへへ、ほれ早《はよ》うに準備しなはれ。あんさんの出番、次やないですか」

「そうやった。ほな、行ってきますわ。うへへへ」

「頼んますで、むひひひ」

うわぁ、嫌だ。まるっきり、悪徳上方《かみがた》商人の密談の図だ。爽やかな熱血ドラマの要素はどこにもない。いくらドラマ嫌いとはいえ、ここまでどろどろした、高脂血症の血流の如きやりとりなんて、あんまりだ。期待、裏切り過ぎ。

全国の高校野球ファンのみなさん、ごめんなさい。不埒《ふらち》な監督と相方にかわり、深くお詫び申し上げます。

けど、鈴ちゃんの読みは的中した。

高野溝は、七回に入った時点で明らかに球威が落ちてきた。それまでの好投が嘘のように、ストライクが入らなくなる。

この回の先頭バッターは四番の伊藤さんだった。おれたち同様に、高野溝についての説明は受けていたらしく、打ち急ぎをしない。しっかり粘り、七球目のカーブを上手く合わせた。ボールが外野を転がる。

ノーアウトのランナーが久々に出た。

もともと、伊藤さんは前四番の井上さんのように、ここで一発！　って破壊力はないが、ボールをバットに当てる技術は群を抜いている。どっちかと言うと、木下さんに近いタイプかな。

井上、木下両先輩と言えば、井上さんはスタンドからずっと声援を送り続けてくれている。ピンチのときも、チャンスのときも、どちらでもないときも井上さんの大声が甲子園に響き渡った。ありがたい。これぞ先輩愛だ。とわかってはいるが、井上さんの周りから木下さんを除いて、応援団が退き、遠巻きにしている図はちょっとヘンテコだ。別嬪のチア・ガールとブラバン、揃いの団扇《うちわ》を手に息の合った応援を見せる一塁側スタンドに比べると……うん、ヘンテコとしか言いようがない。

ブランドの背広に身を包んだ校長の姿は、どこにも見受けられなかった。やっぱり、医務室に運ばれたんだろうか。

なんて、おれはネクストバッターズサークルで考えていた。ちらっとだけどね。あっ、そうなんだ、今回、おれ六番打ってます。どうしてだろうね。鈴ちゃん曰く、「山田くんは、あんまり隅っこには向かないタイプなんだよ」とか。

鈴ちゃんの考えてることってすごくわかり易いようでどうにも理解困難なところがある。そこがおもしろいっちゃあおもしろいんだけど。

さて、バッターボックスには一良がいる。バットを長く持って、打ち気満々といった感じだ。さっきの悪徳上方商人の風はきれいに払拭されていた。一良の構えは美しい。バットの位置や腰の据わりがぴたりと決まっている。これで、童顔でさえなければ、かなりかっこいいはずだ。顔で野球をするわけじゃないけど、いいバッターって、全身から威圧感を醸し出してるもんな。ドラ●もんやアンパ●マンをさらに可愛くしたような顔じゃどうにも……。

いい音がした。

打球がセカンドの頭上を越えて、いや、センターの頭上を越えた。フェンスにぎりぎりで阻《はば》まれ、グラウンドに跳ね返ってくる。長打コースだ。山戸の外野陣がクッションボールの処理にもたついている。跳ね返ったコースが最高（山戸からすれば最悪）で、サポートに走ってきたライトの横をすり抜けたのだ。

伊藤さんが三塁ベースを蹴った。三塁コーチャーズボックスの酒井《さかい》が腕をぐるぐる回している。

うわっ、突っ込ますのかよ。

伊藤さんは僅かも迷わなかった。

本塁にめがけて、走る。

ボールが返ってきた。

キャッチャーのミットがボールを捕らえたのと、伊藤さんが滑り込んだのはほぼ同時だった。少なくとも、おれにはそう見えた。

ものすごい歓声やら悲鳴やらが巻き起こっているはずなのに、一瞬、何も聞こえなくなった。

無音の世界が目の前に広がる。

静止画面みたいだ。

主審の両手が肩の高さに挙がる。

「セーフ」

その一言が静寂を破った。

音が戻ってきた。あらゆる音が耳に流れ込んでくる。

おれは唾を飲み込み、ゆっくりと立ち上がった。バットを軽く振る。二塁ベース上の一良に視線を投げる。

ユニフォームの前を黒く汚した伊藤さんが小さくガッツポーズをしながら、帰ってきた。すれちがいざま、おれの肩をぽんと叩く。

身震いがした。

これ、武者震いなのか、同点に追い付いてなお、ノーアウト二塁という状況に臆した震えなのか。自分で判断できない。

「山田くん」

鈴ちゃんが手招きしている。

おそらく、球種を絞れというアドバイスだろう。後は、力むなとかボールをじっくり見ていけとか。

鈴ちゃんがおれの耳に口を寄せた。

「湯煙の 向こうに滲む 夏夜空」

「はあ？」

「全てはこの一句にかかってるからね。山田くん」

「え？ 監督、何のこってす」

「だから、夏夜空だよ」

「だから、夏夜空って何です？」

「知りたい？」

「知りたいです」

「ごめんね、実はあんまり意味ないんだ」

「は？」

「ほら、こういうとき耳打ちなんてしてると、さも秘策がありそうに見えるでしょ。ちょっと監督っぽくない？」

「……ぽいと言うか、正真正銘の監督でしょ」

「うん。そうなんだけど」

鈴ちゃんが眼鏡の奥で、目を伏せる。

「実は、うちの高校のホームページに、『鈴木先生、もう少し監督っぽくしてください。小林部長の方がよっぽどそれらしく見えます』って書き込みがあってね。ぼくとしては、わりとショックを受けてたんだ。やっぱり、あるべき監督像に添わないと世間の視線は厳しいんだなあって」

「その趣旨の書き込み、どのくらいあったんですか」

「え？　たぶん、それ一つだと思うけど」

「たった一つの書き込みでへこんでんですか。言いたい放題のやつってネット上にはいっぱい、いますよ。キャプテンだって『色が黒過ぎて、醤油煎餅《しょうゆせんべい》みたい』とか、一良は『顔と身体がアンバランスでちょっとキモい』とか、ご住職は『抹香臭《まっこう》い。あと、目が細いから、いつも寝てるみたいです』とか、早雲は『あまりのオッサン顔で、四十過ぎてるのかと思いました』とか、いろいろです。ポポちゃんなんか『どことなく、風邪をひいたハクビシンに似ている。正直、笑える』とか言われてるんですよ」

「ほんとに？」

「いや、ただの推測です。ともかく、書き込みなんか一々気にしてちゃ駄目ですよ、監督」

「うん、わかった。励ましてくれてありがとう。山田くん」

「いいですけど。アドバイス、ないんですか」

「アドバイス？　山田くんに？　どうして？」

「いや、どうしてって言われても。おれの打順なもんで」

「あ、そうか。けど、アドバイスなんかいらないでしょ。山田くん、髙野溝くんのボールにタイミング合ってきてるからね」

確かに、前の打席はショートライナーになったものの、ドンピシャのタイミングで変化球を捉えていた（と思っている。手のひらにいい感じの癇癪《かんしゃく》、もとい、感触があったから）。

そうだな、あの球なら、打てる。

「山田くんは、髙野溝くんとは相性がいいんだよ。そこんとこは、自信持っていいから」

「はい」

さすが監督。的を射たアドバイスだ。

おれがバットのグリップを強く握ったとき、アナウンスが響いた。

「山戸学園の選手の交代をお知らせ致します。ピッチャー髙野溝くんに代わって、案山子山くん。ピッチャー案山子山くん。背番号10」

おれは瞬きしながら、鈴ちゃんに顔を向けた。

「監督……ピッチャー交代しちゃいました」

「あちゃ」

鈴ちゃんが、額を押さえた。

髙野溝がマウンドを降りた。一塁側スタンドからの拍手に迎え入れられて、背番号1がベンチに消えた。

恋人に去られた気分だ。

せっかく相性がよかったのにぃ。ああ、後ろ姿がせつない。

しかし、せつなさに浸っている暇はない。

マウンドには山戸の二番手、案山子山が立っている。昔、昔、こいつの祖先は、その体型から苗字を決められたんだろうな。

ほんと、案山子みたいにひょろりとしている。案山子のアルバイトをしたら、時給千二百円は稼げるんじゃなかろうか。

しかし、案山子山、身体付きのわりに、ずしりとしたいい球を投げるようだ。鈴ちゃんによれば、変化球はイマイチだがストレートの威力とコントロールは相当なものだとか。

正直、おれ、ピッチングは一・五流だが、バッティングはばりばりの二流だと思う。でも、そんなこと言ってられないし。ともかく、一良を進めるバッティングをするんだ。

案山子山がセットポジションから投げ込んでくる。

一良を前に進める。三塁に進める。それだけを考える。

ボールがすっとストライクゾーンに入ってきた。

一良、三塁、一良、三塁、草津、鬼怒川《きぬがわ》、玉造。

手応えがあった。それも、かなりいい感じの。

え？　もしかして、ヒットとか。

思わず内野を見回したが、ボールはどこにもない。案山子山が身体をねじり、空を見上げている。雲の行く末が気になるのだろうか。

三塁まで達していた一良がぴょこんと跳ねた。

「すげえぞ、勇作」

「へ？　何が」

「ホームランだ。出会い頭の一発ホームラン。しかも、ツーランだ」

「ぎょえっ」

という会話を眼だけで交わし、おれは、呆然と外野スタンドを見やった。「ぎょえっ」の後、言葉が出てこない。

「きみ、早く回りなさい」

主審に促され、一塁へと走った。

かの一番バッターくんの気持ちが、やっと、全面的に理解できた。

案山子山の気持ちは、存分に理解できる。

ホームベースを踏んだとき、初めて喜びが衝《つ》きあげてきた。

ツーランだ。一度に二点も入っちゃう。

おれが打った。

すごいぞ、勇作。むちゃくちゃすごいぞ。今だけだけど、おれのヒーローは、おれだ。

ベンチはむろん、大騒ぎだった。みんなに小突かれた。抱きつかれ、ご住職に拝まれ、伊藤さんにキスをされた。

「はしゃぐな」

小林先生が一喝する。

「まだ、試合は終わったわけじゃないんだぞ」

ごもっともです。おれは肩を竦め、よしやるぞとこぶしを握った。

1対3。この二点差を守り抜くぞ。守り抜いてみせる。

ふふふふ、ふふふ。おれ、やっちゃうよ。

「山田くん、よくやったね。ごくろうさん」

鈴ちゃんとがっちり握手。むふふ、気分上々。

「後は田中くんに任せていいからね」

「はい。ポポちゃんに任せて……ええっ！」

「うわっ、びっくりした」

「監督、それってピッチャー交代ってことですか」

「うん。バッテリー交代。田中くんと前田くんに、バトンタッチ」

「ど、ど、ど、ドレミファソラシド」

「勇作、落ち着け」

　一良が、後ろから腕を引っ張る。

「ど、どうしてですか。おれ、今、気分的に絶好調なのに」

「絶好調だから代えるんだよ。山田くん、絶好調のときほど、落とし穴に落ちやすいからね」

　うぐっ。

「七回に逆転された。相手も必死になる。そういう状況で、絶好調の山田くんを投げさせたくないんだ。山田くんのボール、威力はすごいかもしれないけど、隙もできやすいからね」

　うぐっ、くくっ。

「次の試合のこと、考えたら、ここでダメージを受けてもらいたくないし」

　鈴ちゃん、この試合、百パーセント勝つ気でいるんだ。そうか、勝てるんだな、おれたち。

「……わ、わかりました。監督」

そうだ。おれ、調子に乗りまくっていた。こんな浮わついた気持ちのままマウンドに立ったら、山戸打線を抑えきれない。たぶん。

鈴ちゃん、ちゃんと見抜いていたわけか。

「ごめんね。ここが甲子園でなかったら、最後まで投げてもらうんだけど……。甲子園、負けちゃうとそれで終わりだから」

「いえ……」

言葉もない。

「鈴ちゃん、厳しいな」

一良がぼそっと呟いた。

おれは、そうだな厳しいなと、胸の内で返事をした。


試合結果を発表します。

さいとう高校、勝ちました。甲子園、一回戦、突破です。甲子園初勝利です。

ポポちゃんは三安打されながら、八回、九回を抑えきり、みごとなリリーフぶりをアピールした。

「山田くん、お刺身、あげるよ」

その夜の食事で、鈴ちゃんがマグロの刺身をわけてくれた。

「監督、気を使わなくていいですよ」

「だって体力、つけてもらわないと。二回戦も先発、行くよ。山田くん」

「はい」

おれは、山盛り御飯の上にマグロの刺身をのせ、掻き込んだ。

美味い！

いくぞ、甲子園、二回戦。

ひとまず、ダ・スヴィダーニャ。

さいとう高校野球部の歴史はさらに続く。

その十一、やっぱり温泉はいいなとしみじみ思いはするけれど……。

有馬温泉は神戸《こうべ》市北区《きた》にある。なんとなんと、あの日本書紀にも登場する名湯だ。日本書紀、もちろん、読んだことはない。現役男子高校生にして高校球児の中で、「日本書紀を読んだことありますか」との質問に「はい」と答えられるのは、何パーセントぐらいだろう。絶対に一桁だよね。少なくとも、おれの周りでは確率ゼロだと思う。

日本書紀は知らなくても、有馬温泉は現役男子高校生にして高校球児のほとんどが知っているはずだ。なんせ、かの豊臣秀吉《とよとみひでよし》さんも気に入っちゃって、何度も訪れたって曰く付きの温泉なんだから。うん？　こういうとき、曰く付きとか使わない？　伝説の、とか、かの有名な、とかの方が適切でしょうか。

ま、いいや。要するに有馬温泉は昔々、古《いにしえ》からの名湯であるのだ。

泉源は七ヵ所あるとか。

有名どころでは金泉と銀泉。金泉は含鉄ナトリウム塩化物強塩高塩泉、銀泉は放射能泉の他にも炭酸泉の湯もあるっていうから、ほんと、贅沢だよね。豊臣さんが愛《め》でるのもわかる、わかる。

うーん、こうして、有馬の湯に浸かっていると、おれも、ちょっぴり天下人って、気分だ。

天下人、なりたいわけじゃないけどね。

え？　今、何してるって？　だから、有馬温泉の銀泉に浸かってますよ。あぁ、いい気持ちだ。え？　甲子園じゃなくて、なぜ、有馬にいるかって？　だから、それは……、ううっ、だから、それは……。

ええ、そうですよ。

負けました。みごとに、負けました。

甲子園選抜大会、二回戦。さいとう高校、敗れました。

なんだかなぁ……、一回戦突破して、「このまま、行ける！」って勢いだったたんだよなあ。チームもおれも。

　対戦相手は、北白銀高校だった。キタシロガネじゃなくて、キタジロガネと読むらしい。うちと同じ、初出場の学校だった。北海道の東側に位置しているとか。

「キタシロガネだと、ちょっとセレブっぽいのにな。残念でした、キタジロガネ」

　早雲の冗談におれたちは、声をあげて笑った。

「おれが北海道生まれなら、絶対、ウィンタースポーツ選ぶけどな」

「いや、早雲、おまえなら雪の中でビーチバレーとか、やってそうだけど」

「へっ、勇作ならどうせ、北海道中の温泉を巡り歩いてんだろうよ」

「うはっ、それ、最高。羅臼《らうす》、稚内《わっかない》、登別《のぼりべつ》……あっああっ。そう言えば、白金《しろがね》温泉ってのが十勝岳《とかちだけ》の北側にあるな。こっちは、白に金て書くんだけど、確か硫酸塩泉とかだったなあ」

「けどさ、北海道の三月って、まだまだすんげえ雪の中だよなあ」

　と伊藤さん。コンガリ杉山さんがうなずく。

「五月ぐらいまで雪、融《と》けないいんじゃやないか」

「てことは、北白銀はグラウンドでの練習、ほとんど出来てないってことか」

「だよな。それってかなりのハンディだな。ひえっ、よく一回戦、勝てたよなあ。

案外、すげえかも、北白銀」

おれたちは、北白銀高校を話題にして盛り上がり、今、旅行券が当たるとしたら『ビジネスクラスで行く、常夏《とこなつ》のハワイ（羽合ではない）七日間』と『ペンギンと遊べる南極クルーズ、豪華客船の旅』のどちらがいいかとか（おれ的には『日本全国温泉旅』が最高なのは言うまでもない）、北海道と沖縄のアンテナショップが並んでいて、一店しか入れないとしたらどっちにするかとか（おれ的には断然、北海道。温泉の数が違うもんな。ごめん、沖縄）、わいわい、がやがや騒いでいた。

「みんな、浮かれ過ぎだね」

その夜のミーティング、最初に鈴ちゃんが言った。

十畳ほどの和室が、静まる。誰もが一様に口をつぐんだのだ。

基本、ミーティングで鈴ちゃんは発言しない。しても、挨拶とか連絡とか冗談とかダジャレとか、本題とはほとんど関係ないことをちらっと口にする程度だ。

ただ、おれたちが黙り込んだのは鈴ちゃんが発言したからではなく、その口調、声の調子や重さがいつもの鈴ちゃんのものと違っていたからだ。

どう違ったか……そこのところを説明するのは難しい。おれの言語能力の限界を超えているかも。鈴ちゃんは声を荒《あら》らげたわけじゃない。すごんだわけでも、おれたちを睨みつけたわけでもない。〝すごんだ鈴ちゃん〟とか、一度、見てみたい気はするけど、〝ひねくれた顔つきの仏像〟や〝キャベツが好物のライオン〟並みに想像がつかない。

鈴ちゃんはいつも通りに静かだった。むしろ、いつもより静かなほどだ。もしかしたら、その静かさに、おれたちは気圧されたのかもしれない。

「みんなは、甲子園で一勝した。それは、すごいことだよね。けど、たかが一勝に過ぎないってこと、忘れないように。みんなは、たった一勝しただけなんだよ。たった、ね」

それから、杉山さん（頭にコンガリをつける雰囲気じゃなかった）に顔を向け、「キャプテン」と呼んだ。杉山さんが返事をして一歩前に出る。

「今日のミーティングのテーマ、ぼくに決めさせてもらいたいんだけど……、いいかな？」

杉山さんは視線を室内に巡らせた。

「いいと思います。監督が決めてください」

「ありがとう。じゃあ、山本くん、お願いします」

「はい」

一良が極太のマジックを手に、ホワイトボードの前に立つ。

「テーマはずばり『今度はどんな試合をしたいか』です」

一良はホワイトボードに『ずばり、今度はどんな試合をしたいか』と記した。鈴ちゃんが眼鏡を押し上げる。

「山本くん、『ずばり』はいらないから。それと……マジック、すごい色だね」

「はあ、どうしてだか、これしか無かったんです」

一良は肩を窄《すぼ》め、『ずばり』の部分を丁寧に消した。

今度はどんな試合をしたいか。

ショッキングピンクの文字が並ぶ。

「いつものように、発言したい者は挙手を」

杉山さんが言い終わらないうちに数本の手が挙がった。指名され、早雲が立ち上がる。そして、「勝ちたいです」と、まことに単刀直入な意見を述べた。シンプルだけど、シンプルだからこそおれたちの気持ちそのものだった。

勝ちたい。

次も勝ちたい。

「1対0でも10対9でも、得点差なんてのはどうでもいいから、ともかく勝ちたいです。それだけです」

早雲、1対0も10対9も得点差は同じだから。これ、小学一年生の算数レベルだぞ。おまえ、ほんとに進級できるのか？

次にご住職が立つ。

「勝ちたいのは確かです。さらに、付け加えれば、自分の納得できる試合をやりたいのです。満足できるというか、悔いがないというか、そういう試合です。なかなかに難しゅうはございましょうが、是非にもやりとげたい思いがございます」

チーン。全員合掌。

何となくありがたい気分に浸っていたら、山川さんから、満足できる、悔いのない試合とはどういうものか、もう少し詳しく聞きたいという発言があった。杉山さんがその質問を全員に投げる。

そりゃあ、全力を出し切ったって感じの試合だろう。

全力出し切ったって、どういう感じなんだ。何か燃え尽き症候群みたいで、かえって嫌なイメージ、あるんだけど。

全て、御仏の教えのままです。

どんな教えなんだよ。

ともかく勝てばいいんじゃないか。勝たないと前に進めないし。

いや、でも、勝ち方って大切っしょ。

やっぱ練習だ。練習の成果を出せたら、最高じゃないか。

本音を言います。おれ、活躍したい。そういう意味で全力、出し切りたいです。

わいわい、ざわざわ、がたがた、喧々諤々《けんけんがくがく》、侃々諤々《かんかんがくがく》、喧々囂々《けんけんごうごう》ｅｔｃ．……

と、某団体の忘年会並みの騒ぎとなったところで、ミーティング時間が残り僅かとなった。

「すみませんが。ここのお座敷、九時までの使用となっておりますので。ごめんなさいね。あ、でも、後十分ぐらいなら、まだ、だいじょうぶですよ」

宿のおばちゃん（ちょっと間瀬育代さんに似ている）が、申し訳なさそうに告げてきたのだ。鈴ちゃんが平謝りに謝る。そんなこんなで、ミーティングはお終いに
……なる直前、一良が意見を述べた。

「おれは、北白銀に勝つ試合がしたいです」

ショッキングピンクの極太マジックを握ったまま、一良は、いつもより、ややゆっくりとしゃべった。

「早雲が言ったように点数とか得点差とか試合内容はともかく、ともかく、明日の

試合に勝ちたい……。勝つ試合をしたいです」

「うん。ここで、やっと北白銀の名前が出てきたね」

鈴ちゃんが笑う。

「あしたは北白銀との対戦だよ。みんなのやる野球ってのは、一試合、一試合、相手が違う。つまり、一つ一つが個性的なわけだ。一回戦はロートレックだったけど、二回戦はいきなり写楽《しゃらく》ってこともあるんだ」

監督、すみません。そのたとえ適切なんでしょうか。おれ的には疑問です。

「相手をきちんと見ること。これは、野球の試合でも恋愛でも大切なポイントだよ」

おうっと座敷がどよめいた。

「監督、恋愛って……もしかして、恋人ができたんですか」

「は？　いや、山本くん何を言って……たとえ話じゃないですか」

「顔、赤くなってますけど」

「うっ、うるさい。このところ血糖値が高めなんだよ」

血糖値と顔色は相関関係ないでしょうという一良の突っ込みを無視して、鈴ちゃんは続ける。

「ともかく、明日、みんなは試合に臨みます。北白銀という個性のチームにどう向かい合うか、それだけが今、みんなが心しなきゃならないこと。一回戦の勝利は、今度の試合に全く無関係だからね。いつまでも、初勝利に浮かれていたら、北白銀にちゃんとぶつかれないよ。それと、みんなあまり考えてないかもしれないけれど、北白銀も一回戦を突破してきたチームなんだから」

あ、そうだ。北白銀もおれたちと同じ、甲子園初出場で初勝利をあげたんだ。そういうチームなんだ。

「たかだか一勝。でも、甲子園での一勝ってすごいものだ。みんなはそれを手にした。北白銀も手にした。だから、二回戦を戦えるわけだよね」

おれたちは顔を見合わせたり、うなずいたり、息を飲み込んだり、ため息をついたり、口を結んだりしながら、鈴ちゃんの一言一言を聞いていた。

「ミーティング、終わり。各自、座布団とゴミを片付けること。明日の朝食は七時ちょうど。以上、解散」

杉山さんの掛け声とともにさいとう高校野球部のミーティングは終わった。

翌日、甲子園は雪だった。

ぱらぱらと舞う程度だったけど、雪に変わりはない。

三月末に雪かよ。プチ異常気象か？　やっぱり、地球は危機に直面しているのか？　人類は、温泉はどうなる？

「勇作、寒いけど、肩はだいじょうぶか」

一良が背中を軽く叩いてきた。

そう、地球より温泉より、今は野球だ。

「うん。絶好調だな」

肩を回す。

「そうか……、だよな、この寒さは応えるな」

「いや、だから絶好調だって」

「絶好調って声のトーンが半オクターブ低いもんな。それに、微かにビブラートがかかってるし……。エンジンの方はかかるのに、かなり時間が必要ってことかぁ」

半オクターブにビブラート。どこまで細かいやつなんだ。そりゃまぁ確かに、あまりに寒くてちょっと戸惑ってはいるかもしれない。

「でも、真夏の炎天下で投げるよりずっと楽だろ」

「おっ、勇作ちゃん、意外にポジティブ。マウンドでも、その調子で頼むよ」

「まかせとけって」

おれは親指を立てて片目をつぶる。

ちょっとさまになってるか、このポーズ。

「おまえは会話文か。カッコつけ過ぎ」

一良があまり意味のわからない突っ込みをしてきた。会話文ならカギカッコだろうと突っ込み返そうとしたおれは、「会話文なら」までしかしゃべれなかった。

一良が三塁側ベンチに向かって、大きく眼を見開いていたからだ。

「うん？　どした？」

「あいつら、汗かいてるぞ」

「は？」

一良の視線を追って、三塁側、北白銀ベンチに目をやる。試合前の練習を終えたばかりの選手たちが顔やら、頭やらをタオルで拭きまくっている。中にはアンダーシャツ一枚で水を飲んでいる者もいた。さらにさらに、団扇（らしきもの）で扇《あお》いでいる者までいるではないか。ベンチの中でかき氷屋の親仁《おやじ》が、「へい。らっしゃい。イチゴにレモンにブルーハワイ。甘いよ、美味いよ、冷たいよ」と氷を削っていても違和感の無い風景だ。いや、甲子園のベンチでかき氷はやはり違和感、あるでしょうか。

「いやぁ、やっぱり、甲子園は暑いべ」

「へ？　一良、今、何て？」

「いや、たぶん、北白銀の連中、そんなこと言ってんだろうなあって思って……」

おれはもう一度、三塁側ベンチに目を凝らす。

いやぁ、やっぱり、甲子園は暑いべ。

だな。おれ、腋《わき》汗、かいちまった。

すぐに夏が来ちまうんでないの。

雪が積もらないで融けちゃうぞ。驚きの暑さだべ。

おれに氷水、くれ。氷水。きゅっと一杯、暑気払いすっぺ。

そんな声々が聞こえてくるようだ。

雪交じりの風が吹き付けてきた。

とっさに身体を縮めていた。

「手強いな、北白銀」

一良が小さく唸った。

試合は五回の裏に動いた。

裏ということは、北白銀の攻撃で……そうです。打たれました。ツーアウトまで、ぽぽぽーんと調子よくいったのに、そこから連打されてしまった。どちらもシングルヒットだったから、一、二塁でランナーはとどまっているが、けっこうやばい状況だ。

しかも、寒い。

雪も風も強くはならないが止みもしない。甲子園のマウンドが濡れて、寒々とした姿をさらしている。

おれは、三回あたりから洟が止まらなくなった。

ううっ、洟を出しながらのピッチングなんて、おれの美意識に合わないじゃないか。そんなこと、言ってる場合じゃないけど。

洟はどんどん酷《ひど》くなる。一球投げるごとにずりって流れ出る。その度に、アンダーシャツの袖で拭かなくちゃいけない。

うわっ、マウンドで汗じゃなくて洟を拭くピッチャーってどうよ。

などと、ピッチングに集中できないピッチャーの球を見逃してくれるほど、甲子園は甘くない。

五回ツーアウト、ランナー一、二塁。フルカウント。渓をすりあげて投げた一球は、北白銀のバッターに打ち返された。

でも、でも、でも、おれだって、エースナンバー背負ってんだ。渓のせいでベストピッチングができませんでしたなんて言い訳、口が裂けても言わない（口が裂けたら、何にも言えない気がするが）ぐらいの気概はある（集中力には欠けるが）。ちくしょう。渓はずるずるでも、適当な球なんか絶対に投げない。力で抑え込んでみせる。そう簡単に三連打なんてさせるもんか。

打球はセカンドの頭上を越えて飛んで行った。でも、そう勢いはない。高く上がりはしたが飛距離はさほどでもなかったのだ。

打ち取った。

おれは胸の内で密かに、そう叫んだ。

ランナーが一斉に走り出す。そして、ボールはライトのポポちゃん（今日はスタメン出場だ）の前にぽとりと落ちた。ぽとりじゃなくて、ぽてん、か。そう、まさにポテンヒットだった。

三塁ベースを蹴って、ランナーが走る。ホームに滑り込んでくる。ポポちゃんからの返球が僅かにそれた。受け止め、ブロックの体勢をとった一良とランナーが交差する。

「セーフ」

主審のコールが響いた。

北白銀の攻撃はそこから始まった。

ともかく、どの選手も滑らかによく動く。

氷上のペンギンみたいだ。いや、ペンギンみたいなよちよち歩きじゃなくて、寒風の中を軽やかに走り抜ける。

洟をすすりあげる間もなく連打され、結局、この回、三点を失った。

ちょっと……かなりへこむ。

「はい、山田くん。これで鼻を温めて」

ベンチに帰ると、鈴ちゃんが温かなおしぼりを渡してくれた。鼻に当てると極上に気持ちいい。

「うー、快感。あったまるぅ～」

「はい、木村くん。はい、山本くん。はい、伊藤くん」

鈴ちゃんはクーラーボックス（この場合、ホットボックスと呼ぶべきか）から次々とおしぼりを取り出し、配っている。

いつの間に用意したんだ？

「いや、おしぼり手にして快感は、ちょっとエロいぞ、勇作」

ポポちゃんがエロ全開の笑みを浮かべた。

「どこがエロいんだよ。おまえ、考え過ぎ」

「だって、温かいおしぼりだぜ。そんで快感だってさ。うへへ、もうお客さん、今夜は特別サービスよ的なエロさじゃねえか」

「ポポちゃん、甲子園のベンチでエロを語れるおまえは、半端ないエロ者だな。大エロ者だ」

「そう褒めるなよ。照れるじゃん」

ポポちゃんと、女の子が聞いたら「ほんと、男ってアホなんだから」と呆《あき》れられること必定のトークをしているうちに、気持ちは徐々に立ち直ってきた。

「みんな、あまり縮こまるな」

コンガリ杉山さんがベンチの前で声を大きくする。手にはしっかり、おしぼりが握られていた。

「身体も気持ちも縮こまったら、おれたちの野球ができなくなるぞ。寒さがなんだ。ここは北海道じゃない、兵庫県西宮市だ。どんなに寒くても凍え死ぬ心配はないんだ」

「そうだ。ここには雪崩《なだれ》も地吹雪《じふぶき》もないぞ」

「クレバスもないし、白熊に襲われることもない」

「天国みたいなとこじゃないかよ」

「極楽でございますよ、甲子園は」

「何を怖れることがある。万が一のことがあっても甲子園で死ねるなら、おれは本望だ」

「よく言った。それでこそ、山の男だぞ」

いやいやいや、みなさん。気合いを入れる方向が明らかに間違ってます。おれたち山男じゃなくて高校球児ですから。白熊とかいませんから。いるとしたら王子《おうじ》動物園ですから（パンダやコアラはいるそうだ）。入場料六百円ですから（たぶん）。

風が吹き、雪が舞う。

冬景色そのものの甲子園だ。甲子園の冬景色を眺めながら、鈴ちゃんが言った。

「相手のピッチャー、伊達野《だての》くんね、今日は調子がすこぶるいいみたいですねえ。カーブのキレがいいです。で。思い切って捨てちゃいますか」

「恋人をですか」

「木村くん、恋人は関係ありません。話の流れを読んで」

「要するに、変化球を捨ててストレートに絞るわけですね」

と、コンガリ杉山さん。

「そうそう、伊達野くんの変化球はカーブとシンカーですが、シンカーはコントロールが今一つのようで、ほとんど使いません」

「要するにカーブをカットして、ストレートを投げさせるようにするんですね」

「そうそう」

「みんな、わかったな」

コンガリ杉山さんの視線がおれたち一人一人に向けられる。

どうっと風の音がして、一瞬、視界が白く遮《さえぎ》られた。

「うーん、天候だけは策の施しようがないなあ」

鈴ちゃんの独り言が微かに聞えた。

伊達野のカーブは回を追うごとにキレを、ストレートは威力を増した。雪風も威力を増した。

北白銀の応援団は風の中に威勢よく声援や音楽を鳴り響かせている。さいとう高校は……、校長がふさふさの毛皮のコートを着て座り込んでいた（医務室から無事生還したらしい。それにしても、絶対に動物愛護団体から抗議されるぞ）。梅乃とおふくろと駅前商店街婦人部の面々は身体を寄せ合い、お互いを励まし合っているようだ。あの井上さんでさえ、声が震えている。

「さいとう高校ぅぅぅぅ、がんばれぇぇぇぇぇぇ」

といった感じだ。

でも、おれたち縮こまってばかりじゃない。遅まきながら七、八回で伊達野のストレートを捉え始めた。

七回に二安打、八回にも四球を挟んで（この試合、両チーム通じて初の四球だ。これってすごくない？　あ、いや、何気に自画自賛してるわけじゃない……こともないか）二安打、ツーアウト満塁、よし、逆転ってとこまでいったんだ。

バッターボックスにご住職が入る。

「小川、頼むぞ」

「ご住職、御仏がついてるぞ」

「打てたら、お布施《ふせ》をするからな」

おれたちの熱い声援が効を奏したのか、ご住職の実力（おそらくこっちだろう）なのか、伊達野の三球目をご住職は打ち返した。大きな弧を描いて、ボールが飛んで行く。

え？　え？　え？　逆転満塁ホームラン？　うわわ、ご住職、ヒーローじゃん。一回戦のおれのヒーロー度の上いくじゃん。うわわっ、いけ、いけ。ご住職、ヒーローだ。

ボールが風に押し戻されてくる。ライトがフェンスの数歩前で捕球した。

ええっ、おれん時はポテンヒットだったのに、そんな……。

「うーん、風かぁ」

鈴ちゃんの呟きがまた、微かに聞こえた。

それでも、北白銀を追い込んでいるのは確かなわけで、この勢いで九回に今度こその反撃を。

といかないのが、野球なんだろうなあ。

おれは、八回の裏を初の四球ランナーと何人目かのヒットランナーを出しながらも無失点で切り抜けた。

寒さに慣れたみたいで、湊もそんなに出なくなった。九回で逆転とまではいかなくても、同点に追い付いてくれたら、延長戦まで投げる自信はたっぷりある。

湊さえ止まってくれれば、調子は悪くはないんだ。問題は、おれの調子を上回って伊達野の調子が良いことで、いや、調子が安定していることなんだよな。カーブとストレートのコントロールは最後まで乱れなかった。きっと生粋《きっすい》の道産子《どさんこ》なんだろうな。大地の広がりを感じさせるピッチングだ。抽象的でごめん。

九回の表、さいとう高校の攻撃は二番の杉山さんが意表をつくセーフティバントで塁に出た。しかし、三番、早雲が四球目を打ち返した打球はセカンドの真正面に飛んだライナーで、杉山さんは一歩も動けなかった。

そして、四番、伊藤さん。

伊藤さんも四球目を打ち返した。鋭い打球がピッチャーの横を抜け、強く跳ねた。

抜けた？

抜けた！

抜けたよな、絶対！

杉山さんが一塁を飛び出す。

北白銀のショートは小柄でいかにも非力な感じだが、その小さな身体がスーパーボール（百円入れてガチャガチャやると出てくるおもちゃのボールだ）みたいに、跳ねた。横に跳んだのだ。ワンバウンドしたボールがグラブに吸い込まれる。

小柄ショートは転がりながら、ボールをトスする。受け取ったセカンドがファーストに送球。

アウト、アウト。

これぞダブルプレーのお手本といった動きだ。見事としか言いようがない。山戸学園のときのうちのダブルプレー、森田↓杉山↓早雲以上に見事な動きだった。鍛え上げられた美しいプレーを目の当たりにしたと思った。

二塁に滑り込んだ杉山さんが、一塁を走り抜けた伊藤さんが呻き声をあげる。聞こえるわけがないけれど、確かに聞こえた。杉山さんはセカンドベースにしゃがみ込み、伊藤さんは天を仰いで、苦しげに呻いたのだ。

ダブルプレー。

北白銀のスタンドが沸きたつ。

及ばなかった。

おれたちは突破できなかった。

さいとう高校野球部、二回戦、敗退。

翌日、甲子園はからりと晴れ上がった。

眩しいほどの青空だ。そして、温かい。

この天候がもう一日早かったら……。いや甲子園にも野球にも「たら」も「ればも」もない。勝つか負けるか。残るか去るか。ただ、それだけだ。

今日、おれたちは有馬へと出発する。みんな、疲れているらしく、昼前までごろごろするそうだ。

おれと一良は、甲子園のスタンドに座っている。東晋館高校の試合を見るためだ。というか、ヒースケの試合を見たかったからだ。

ヒースケは本当にすごいピッチャーになっていた。

マウンドで堂々と存在感を放っていた。

ヒースケが後ろの守備陣を信頼しているのも、守備陣から信頼されているのも伝わってきた。立ち上がりがやや不安定で二点先取されたものの、三回以降は立ち直り、相手につけ入る隙を与えなかった。四回に追い付き、七回に逆転した東晋館は三回戦の切符を手にしたのだ。

おれは、スタンドの中央あたりに座り、ヒースケを見ていた。ピッチャーを見ていた。甲子園を見ていた。野球の試合を見ていた。

どうしてだか、全部がぼやけている。こんなに晴れ上がっているのに。

「ほら、勇作」

一良がティッシュを差し出す。

「涙、拭け」

涙？　え？　おれ、泣いてるの？

そんな馬鹿なと言おうとしたら、涙が頬を伝った。

何でだよ。泣くんだったら、昨日でしょ。試合の直後でしょ。あのとき泣かなかったのに、今、涙が止まらないなんて意味がわかんないし。

涙が止まらない。

嬉しいんじゃない。悲しいんじゃない。感激しているわけじゃない。悔しいんだ。

悔しい。ヒースケが羨ましい。ヒースケは甲子園に残れるのに、おれは去らなきゃいけない。

なんだかもう、めちゃめちゃに悔しい。

涙がどうしても止まらない。

おれはティッシュを受け取り、眼頭をぬぐった。うん？

「ひええっ」

「何だよ。泣いたり、叫んだりおまえも忙しいやつだな」

「これ《愛の巣窟》ティッシュじゃないか」

「うん……実は、親父のやつ二つも貰ってて……。気にせず使ってくれ」

「気にするわい」

一良がにやっと笑う。その眼も少し赤かった。

「勇作」

「なんだ」

「次は夏だぞ」

「ああ、夏だ」

おれは空を見上げる。

入道雲の湧く夏空がほんの一瞬、おれの上に広がった。


というわけで、今、有馬の温泉に入っています。

宿は意外に広くきれいで、快適。

宴会用の広間に全員ごろ寝するのも、合宿みたいでいい。

何より何より、温泉の身体に染みるこの心地よさ。

疲れ、吹っ飛ぶ。

内風呂は透明な銀湯だが、露天風呂は濁った金湯だ。今日のコースは、内↓露天(じっくり)↓内にした。ああ、最高。ヒースケが片山津にも招待してくれるそうだし、酸ヶ湯だって必ずゲットするつもりだし、おれの温泉人生、充実してます。

ああ、天国、極楽、パラダイス。

「勇作」

一良が脱衣所から顔を覗かせる。

「いつまで入ってんだよ。玄関前に集合だってよ」

「えー、何だよ。お土産、配ってくれるのか」

「何でおれたちが土産を貰えるんだ。いいから早くしろって。運動できる服装でな。まったく、宿に着くなり風呂場に直行しやがって」

一良がぶつぶつ言いながら、戸を閉める。

へへん、本当は自分も入りたかったくせに。おれに先んじられて、すねてんの。けど、鈴ちゃんの招集、何事だろう?

「はい、みんな、ご苦労さま。これを各自一枚、とってください」

鈴ちゃんが配ったのは『有馬温泉ウォーキングマップ』だった。観光地によくあるやつだ。観光、散策用の簡単な地図だ。

「はい、赤い線の瑞宝寺《ずいほうじ》公園コースというところを見てください。有馬温泉の観光総合案内所をスタートして、ねね像の前を過ぎ、杖捨坂《つえすてざか》と紅葉坂《もみじざか》を上って瑞宝寺公園に至る九百四十メートル、高低差八十メートルの道です。これを往復してもらいます。今回のタイトルはずばり『有馬温泉』です」

「か、監督、それって」

コンガリ杉山さんが地図と鈴ちゃんを交互に見やる。

「そう。創作ランニングコンクールですよ。早速、始めましょう。ぼくも一緒に走るからね。よろしく」

鈴ちゃんは、眼鏡の位置を直し、おれたちを見回した。

「みんな、夏はもう始まってるよ」

さっ、行こう。

そう言って、鈴ちゃんが背を向ける。

そうか、春が終わったんじゃない。

夏が始まったんだ。

「よし、行くぞ」

杉山さんを先頭に、おれたちも駆け出す。

「有馬、有馬、有馬。うわぁ、このところ、創作活動休んでたからなあ。ううっ、やばいぜ」

ポポちゃんが唸る。

さいとう高校野球部、創作ランニングコンクール。今回のお題は、『有馬温泉』。おれたちは有馬の道を夏に向かって走り始めた。

じゃあ、みんな、また会おうぜ。ダ・スヴィダーニャ。

それにしても、『有馬温泉』のお題、かなりのハードルだよな。有馬温泉、有馬温泉、うーん。

本書は二〇一四年八月、講談社より単行本で刊行されました。

イラスト・庭

|著者| あさのあつこ　岡山県生まれ。1997年、『バッテリー』で第35回野間児童文芸賞、『バッテリー2』で日本児童文学者協会賞、『バッテリー』全6巻で第54回小学館児童出版文化賞を受賞。主な著書には「テレパシー少女『蘭』事件ノート」シリーズ、「NO.6」シリーズ、「白兎」シリーズ、「さいとう市立さいとう高校野球部」シリーズ、「弥勒」シリーズ、「ランナー」シリーズ、『X-01 エックスゼロワン［壱］』、『待ってる 橘屋草子』などがある。

さいとう市立《しりつ》さいとう高校野球部《こうこうやきゅうぶ》
甲子園《こうしえん》でエースしちゃいました

あさのあつこ
© Atsuko Asano 2018

講談社文庫
定価はカバーに
表示してあります

2018年8月10日第1刷発行

発行者——渡瀬昌彦
発行所——株式会社　講談社
東京都文京区音羽2-12-21　〒112-8001
電話　出版（03）5395-3510
　　　販売（03）5395-5817
　　　業務（03）5395-3615

Printed in Japan

デザイン——菊地信義
本文データ制作——講談社デジタル製作
印刷———豊国印刷株式会社
製本———株式会社国宝社

落丁本・乱丁本は購入書店名を明記のうえ、小社業務あてにお送りください。送料は小社負担にてお取替えします。なお、この本の内容についてのお問い合わせは講談社文庫あてにお願いいたします。
本書のコピー、スキャン、デジタル化等の無断複製は著作権法上での例外を除き禁じられています。本書を代行業者等の第三者に依頼してスキャンやデジタル化することはたとえ個人や家庭内の利用でも著作権法違反です。

ISBN978-4-06-512558-8

講談社文庫刊行の辞

二十一世紀の到来を目睫に望みながら、われわれはいま、人類史上かつて例を見ない巨大な転換期をむかえようとしている。

世界も、日本も、激動の予兆に対する期待とおののきを内に蔵して、未知の時代に歩み入ろうとしている。このときにあたり、創業の人野間清治の「ナショナル・エデュケイター」への志を現代に甦らせようと意図して、われわれはここに古今の文芸作品はいうまでもなく、ひろく人文・社会・自然の諸科学から東西の名著を網羅する、新しい綜合文庫の発刊を決意した。

激動の転換期はまた断絶の時代である。われわれは戦後二十五年間の出版文化のありかたへの深い反省をこめて、この断絶の時代にあえて人間的な持続を求めようとする。いたずらに浮薄な商業主義のあだ花を追い求めることなく、長期にわたって良書に生命をあたえようとつとめるところにしか、今後の出版文化の真の繁栄はあり得ないと信じるからである。

同時にわれわれはこの綜合文庫の刊行を通じて、人文・社会・自然の諸科学が、結局人間の学にほかならないことを立証しようと願っている。かつて知識とは、「汝自身を知る」ことにつきていた。現代社会の瑣末な情報の氾濫のなかから、力強い知識の源泉を掘り起し、技術文明のただなかに、生きた人間の姿を復活させること。それこそわれわれの切なる希求である。

われわれは権威に盲従せず、俗流に媚びることなく、渾然一体となって日本の「草の根」をかたちづくる若く新しい世代の人々に、心をこめてこの新しい綜合文庫をおくり届けたい。それは知識の泉であるとともに感受性のふるさとであり、もっとも有機的に組織され、社会に開かれた万人のための大学をめざしている。大方の支援と協力を衷心より切望してやまない。

一九七一年七月

野間省一

講談社文庫 最新刊

畠中 恵
若様とロマン
戦争の気配が迫る明治の世。若様たちに与えられたミッションは「お見合い」だった！

堂場瞬一
影の守護者〈警視庁犯罪被害者支援課5〉
警察官射殺事件。被害者の息子は刑事だった。男たちは、何を守るのか!?〈文庫書下ろし〉

有沢ゆう希
小説 パーフェクトワールド〈君といる奇跡〉
再会した初恋の人は、車イスに乗っていた。誰もが困難を乗り越える勇気をもらえる恋物語。

富樫倫太郎
スカーフェイス〈警視庁特別捜査第三係・淵神律子〉
型破りで孤高の女性刑事が連続殺人犯を追う。被害者に刻まれた傷に隠された秘密とは？

著・橘 もも　原作：沖田×華
小説 透明なゆりかご(上)
命と出会い、命を見送る。町の産婦人科医院で、命を見つめてゆく心揺さぶる感動作。

九 把 刀　阿井幸作／泉 京鹿 訳
あの頃、君を追いかけた
愛おしくてカッコ悪い、たかが10年の片想い。誰もが「あの頃」を思い出す、最高の恋物語。

原作・文 令丈《れいじょう》ヒロ子　脚本 吉田玲子
小説 若おかみは小学生！〈劇場版〉
人気児童文学劇場版アニメ作品をノベライズ。若おかみ修業に励む少女と不思議な仲間たち。

荒崎一海
蓬萊橋雨景〈九頭竜覚山 浮世綴(二)〉
祝言を前にした小町娘が、日暮れにひとりで雨の蓬萊橋から身を投げた。〈文庫書下ろし〉

あさのあつこ
甲子園でエースしちゃいました〈さいとう市立さいとう高校野球部〉
温泉で秘密合宿、練習中にお茶会、伝令は短歌!? 笑いと感動溢れる非体育会系野球小説。

神楽坂 淳
うちの旦那が甘ちゃんで
風烈廻方同心の月也《つきや》が事件を解決。が、実は妻・沙耶が付き人になっていた！ 書下ろし時代小説。

講談社文庫 最新刊

二上 剛
ダーク・リバー〈暴力犯係長 葛城みずき〉
暴走警官が被害者から金を盗む？ 大阪を舞台に元刑事が実体験をもとに描いた問題作。

吉川英梨
海底の道化師〈新東京水上警察〉
沈没寸前の貨物船に監禁される新米巡査の礼《れい》子《こ》。水上警察・碇拓真《いかりたくま》の捜査魂が沸騰する！

倉阪鬼一郎
八丁堀の忍
子をさらい人体兵器に育て上げる裏伊賀の砦《とりで》から、鬼市《おにいち》は脱出をはかった。〈文庫書下ろし〉

栗山圭介
国士舘物語
タイマン、乱闘が日常だった。失恋もした——暑苦しくて切ない、体育会系の青春小説！

鴻上尚史
鴻上尚史の俳優入門
志あるすべての人と迷えるすべての人たちへ。高橋一生との語りおろし対談も必読！

二階堂黎人
増加博士の事件簿
現場に遺された不可解なダイイング・メッセージに、巨漢の名探偵が挑む。27の掌編を収録。

椹野道流
亡羊の嘆 鬼籍通覧
人気料理研究家の惨殺事件と自殺した若者。殺戮と心の闇に迫る若き法医学者たちの奮闘。

矢野 隆
我が名は秀秋
小早川秀秋は英邁だった！ 通説を覆しながらも説得力のある展開。傑作長編歴史小説。

講談社校閲部
〈熟練校閲者が教える〉**間違えやすい日本語実例集**
ことばの最前線で奮闘する現役校閲者が、間違えやすい表記・表現を紹介。これで完璧！